ミモザの告白 3
八目 迷
illust. くっか

CONTENTS

間章

008

第五章

VS.

013

第六章

アリサ・ライオット

250

DESIGN

musicagographics

今が幸せならそれでいい。
そうやって自分に言い聞かせて、
暗い未来から目を逸らす。

優しさの理由だって、気にならない。
たとえそれが、罪滅ぼしだとしても。
世良 慈

世良 慈

西園アリサ

今が幸せならそれでいい。
そうやって自分に言い聞かせて、
暗い未来から目を逸らす。
優しさの理由だって、気にならない。
たとえそれが、罪滅ぼしだとしても。

ず、どころか反論してくる。そして最終的に教師のほうが根負けする。なまじ成績がいいだけに、見逃されることが多かった。

だが、今回は別だった。

「あのさ、先生。これ、いつまで続けるの？」

「あなたが自分のしたことをちゃんと自覚するまでよ」

「だから、してるってば。説明したよね？　水筒が当たったのはわざとじゃないって」

「それだけじゃないでしょ。汐《うしお》に嫌《いや》がらせを繰り返したことは他の子から聞いてるの。それもわざとじゃないって言うつもり？」

「……」

西園は黙り込んだ。

そばに立っていた生徒指導の中岡《なかおか》が、西園の顔を覗《のぞ》き込む。

「おい。だんまりでやり過ごせると思うなよ。お前が反省しないかぎり終わらないんだからな」

「……反省反省って、そこまで言うなら反省文でも書かせりゃいいじゃん」

「そういう問題じゃない」

「じゃあどういう問題？　私が悪かったです、ごめんなさい、って言えば満足すんの？」

「だから、そういう態度がだな――」

先生、と伊予が遮《さえぎ》る。

「大丈夫ですから。私が話します」

ふん、と中岡《なかおか》が鼻を鳴らすと、伊予《いよ》は短く息をついた。

「一体、あなたは何が気に食わないの」

「全部」

「全部って?」

「全部は全部。汐《うしお》も、他のヤツも、学校も、全部くだらない」

「くだらないから攻撃するの?」

「それの何が悪いの」

「アリサ、それ本気で言ってるわけじゃないよね」

西園《にしぞの》は、片側の口角をわずかに上げた。

「本気って言ったらどうする? 退学でもさせるの?」

挑発的な物言いに、伊予は哀れむように目を細め、

「そんなこと、させないわ」

と言って、立ち上がった。中岡に目配せして、また西園に視線を戻す。

「今からあなたのお母さんに連絡して、学校に来てもらいます。具体的な懲戒はそれから決めることになるけど、異論はないわね」

「勝手にすれば」

伊予は生徒指導室から出ていった。

中岡は、ズボンの上からポケットに入れてあるタバコを確認し、

「一〇分ほどで戻る。大人しく待ってろ」

伊予と同じように、生徒指導室をあとにした。

部屋には西園一人となった。

ブーンと唸《うな》りを上げる扇風機の稼働音と、しょわしょわと鳴くセミの声が、部屋を満たす。

窓から肌にまとわりつくような暑気を乗せた風が流れ込んだ。西園のこめかみには、汗が滲《にじ》んでいる。

「あっつ……」

西園は椅子《いす》から立ち上がり、部屋の隅へと移動する。そこにある扇風機の首振りを止めて、自分だけに風が当たるようにした。

そのとき、壁際に置かれたスチール製のラックに目が止まった。上段には実用書や教育学の書籍が並べてある。『思春期』『多様性』『コミュニケーション』『心理学』『差別』。そんな単語が見えた。

西園はその中から適当な本を一冊手に取り、ぱらぱらとページをめくった。

「……」

ほんの一〇秒ほど斜め読みしたあと、彼女は本を手にしたまま、開いた窓のほうに寄った。

外に対して身体《からだ》を横に向け、少し足を開く。そして右手の人差し指と親指で本の角をしっかりつまみ、

思いっきり、外に放り投げた。

本は回転しながら放物線を描く。途中でばさっとページを広げ、飛び方を忘れたハトのように、落ちていく。

西園《にしぞの》は本がグラウンドに落ちたのを確認すると、少しも面白がったりスッキリした様子を見せたりすることもなく、さっきまで座っていたパイプ椅子《いす》に戻った。重心を後ろに寄せ、安楽椅子のように、椅子ごと身体を揺らす。

セミの声と扇風機の稼働音で満たされていた部屋に、ぎい、ぎい、とパイプ椅子の軋《きし》む音が加わる。

生徒指導室に人が戻ってくるまで、ぎい、ぎい、と西園は音を鳴らし続けた。

第五章　VS.

文化祭が終わってから三週間が経《た》った。

残暑が消え失せ、秋の気配が深まりつつある一一月初頭。椿岡《つばきおか》高校では、球技大会が開催されていた。

俺を含む二年A組の男子たちはとっくに敗退し、今は三々五々散っている。俺はというと、体育館にいた。ここでは北側と南側、それぞれバレーとバスケに分かれ、生徒たちが試合をしている。俺は壁にもたれかかって、バレーに熱中するA組の女子たちを眺めていた。今は北側のコートでD組と試合中だ。

ピカピカにコーティングされた床の上で、ばつん、とボールが強くバウンドする。またD組にスパイクを決められた。この試合は二セット先取で、すでにA組は一セット取られている。

敗色濃厚だな、と隣にいる蓮見《はすみ》が言った。眠たげな目で試合を見守っていたが、一層興味をなくしたように、あくびをする。

「まだどうなるか分かんないだろ。しっかり見とけ」

「そんなこと言うほど紙木《かみき》も応援してないじゃん」

「心の中で声援を送ってるんだよ」

「はぁ、そうですか」

こいつ、一ミリも信じてないな。

でも、本当だ。声に出さないだけでちゃんと応援している。それを「ちゃんと」と言えるかどうかは微妙なところだが。

「ほら、見ろよ。星原《ほしはら》とかめっちゃ頑張ってるだろ」

俺は一人の女の子に視線を定める。

両サイドで結んだ髪が、子犬の尻尾《しっぽ》みたいに揺れている。彼女が星原夏希《なつき》だ。ボールを落とさないよう懸命にコートを走り回る姿は、実際どことなく子犬っぽい。やたら張り切っていたが、バレーは苦手なようで、しょっちゅうあらぬ方向にボールを飛ばしていた。

「頑張ってはいるみたいだけど……試合には貢献してないよね」

「星原はいるだけでチームの士気が上がるからあれでいいんだよ」

「ほんとかなぁ」

間違いねえよ、と念押しする。

なんて話をしていると、またD組にポイントを取られた。星原はコートの真ん中で立ち止まり、膝《ひざ》に両手をつく。ちょっとバテたみたいだ。つかの間の休憩を取り、身体《からだ》を起こすと、俺と目が合った。

星原はちょっと恥ずかしそうに、にへ、と笑う。つられてこっちも頬《ほお》が緩んだ。ささやかなコミュニケーションを交わしたあと、星原はまた、相手のコートに視線を移す。

じんわり広がる多幸感に浸りながら、俺はついため息を漏《も》らした。

「はぁ……相変わらずめちゃくちゃ可愛《かわい》いな……」

「紙木《かみき》はほんと星原のことが好きだな」

「は」

冷や水をかけられたみたいに心臓が縮んだ。

「な、何言ってんだ！　すすす好きとか、んなわけないだろ」

「えっ。今さら否定するのは無理があるでしょ」

「いや無理があるとかそういうんじゃなくて……え、今さらって言った？」

「うん。結構前から気づいてたけど」

「は？　嘘《うそ》だろ……」

「逆にどうしてバレてないと思ってたんだよ」

呆《あき》れたように言う蓮見《はすみ》。

どうやらまったく隠せていなかったらしい。蓮見には気づかれないだろうと高をくっていた自分がバカに思えてくる。でも、これはちょっと不意打ちすぎる。何もこんなときに言わなくても……。

「……いつから?」

「ん?　気づいたの?　夏休み前くらいかな。確信したのは、星原《ほしはら》と一緒に文化祭で実行委員に立候補したとき。あんなの誰が見ても分かるでしょ」

「えー、マジ……?」

信じたくないが、考えてみれば蓮見《はすみ》の言うとおりかもしれない。

もう二か月も前のことだが、普段目立たない俺が文化祭の実行委員に立候補したのは、周りのクラスメイトからしたら物珍しく映ったはずだ。しかもそれが、星原が実行委員に決まったあとのことなのだから、俺が星原に「気がある」と思われても無理はない。

「今まで誰にも言われなかった?　星原のこと狙《ねら》ってんじゃないか、って」

「それは……」

「……まぁ、何度か」

ない、と続けたいところだが、残念ながら心当たりはあった。

「やっぱり」

至極当然のような言い草だった。ちょっと不安になってくる。

「あ、あのさ。星原には気づかれてないかな?」

「知らないよ。本人に訊《き》いてみたら?」

「それじゃ告白になっちゃうだろ!」

思わず大きな声で突っ込んでしまった。慌てて口を噤《つぐ》み、軽く周りを見渡してみる。女子たちはバレーに集中しているし、他の生徒たちもこちらに意識を向けている様子はなかった。俺は胸を撫《な》で下ろし、声を抑える。

「なぁ、ちゃんと考えてくれよ」

「何をだよ」

「だから、その……もし星原にもバレてたら、どうすればいいのか、とか……」

「そんなこと俺に言われても……まぁ、バレてないいんじゃない？　星原って鈍そうだし」

「おい、星原をバカにするなよ」

「めんどくさいなこいつ……」

蓮見は本当に面倒くさそうに言った。こっちは真剣なのだが。

「その手の話題で助言を求められても困る。他の人に相談してくれ」

「……分かったよ」

何事にも無関心そうに見えて意外と人間観察が好きな蓮見だが、恋愛的な話には興味がないらしい。まぁ俺としても、あまり深入りしてほしい領域ではないので、ここは大人しく引き下がる。でも。

「これだけは言っときたいんだけど……一口に好きって言っても、いろんな種類があるからな」

「えーと……好きは好きでも友達としての好き、とでも遠回しに言いたいのかな」

「そういうんじゃなくて……いや、それもまったく違うわけでもないんだが……ああ、クソ。上手《うま》く説明できないから、この話はもう終わりにしてくれ」

「そっちが続けたくせに……」

まったくもってそのとおりで返す言葉がない。

でも、最近は本当に自分の気持ちがよく分からなくなってきている。星原《ほしはら》と一緒にいる時間が増えれば増えるほど、彼女に寄せる思いが当初のものと変わっていくのを感じていた。

好きといえば、好きだけど。それを完全に認めてしまえば、何かが失われてしまうような。

そんな奇妙な強迫観念に、心を囚《とら》われている。

「——マリンちゃん、ナイス！」

複雑な思いを抱《かか》えていると、隣のコートでわっと歓声が沸《わ》いた。

星原ばかりに気を取られていたが、南側のコートでもA組の女子が試合をしている。向こうはバスケだ。こちらと違って、今はA組が圧勝していた。

「いえ〜い、やったね！」

日焼けしたボーイッシュな女子。マリンこと真島凜《ましまりん》が、高らかにVサインを掲げた。シュートでも決めたのだろう。たしかソフトボール部で、それもキャプテンを務めるくらいだから、運動神経はいいみたいだ。

真島とは以前、星原を介してテスト勉強に協力してもらってから、たまに話すようになった。話す、といっても俺は真島にからかわれてばかりで、友達といえるほど親密になれたわけではない。けど俺みたいな日陰者にとって、真島みたいな人気グループの一人と話せるようになったのは、わりと驚くべき事実だ。

「ねえシーナ、今の見てた？」

「見てた見てた。さすがマリンね」

「でしょー？　私、バスケ部でもやれるかも！」

「いちいち調子に乗らないの」

シーナ、と呼ばれている黒髪ロングの女子は、椎名冬花《しいなとうか》だ。真島が軽口を叩《たた》き、それを椎名がたしなめるというやり取りは、もはやおなじみの光景だった。

あの二人は大体いつも一緒にいる。真島とは反対に椎名はきっちりした性格で、おまけに少々気が強いので、俺はちょっと苦手だった。

「あの二人、仲いいよね」

蓮見《はすみ》が言う。

「ああ。幼馴染《おさななじみ》らしい」

「へえ、どおりで。なんか、世界観あるよね」

「なんだそりゃ」

世界観て。語彙《ごい》が独特なヤツだ。

「そういや、紙木《かみき》の幼馴染《おさななじみ》はいつ出んの？」

「俺の？　ああ、汐《うしお》なら……」

バレーのほうに視線を動かすと、ちょうど選手交代が行われていた。

交代するのは星原《ほしはら》だ。レシーブで手を痛めたのか、両手を冷やすようにぶらぶらさせながら、コートの横に移動した。そこでは控えの選手たちが並べたパイプ椅子《いす》に座って待機している。

その中に、俺の幼馴染がいる。

「汐ちゃん！　あと、お願いしていいかな？」

「うん、任せて」

汐が立ち上がる。

透き通るような色素の薄い肌に、絹糸を思わせる白金の髪。この体育館で誰よりも存在感を放ち、それでいて迂闊《うかつ》に触れると消えてしまいそうな儚《はかな》さを残す、俺の幼馴染。

槻ノ木《つきのき》汐が、コートに入った。

俺は固唾《かたず》を呑《の》む。

「いよいよ出番か……」

対戦相手であるD組の女子たちが、汐に意識を向けていくのを感じた。女子たちの反応は様々だ。小さな驚き、好奇、はたまた恍惚《こうこつ》とした視線を向ける者もいた。

槻ノ木汐について語るとき、どうしても言葉に悩んでしまう。確実に言えることは、高校二年の春まで『彼』だった汐は、『彼女』になった。それは生物学的な変化があったわけでも、ましてや誰かの恋人になったわけでもない。汐は、生き方を変えたのだ。

試合が再開し、D組の女子がサーブを放つ。

後方にいた女子がレシーブで返した。相手コートにボールが渡り、トス、スパイクとお手本のようなコンビネーションで、早速点を取られる。もう何度も見たパターンだ。

試合が始まってから、ずっと同じ女子にスパイクを決められている。おそらくバレー部員だ。A組にはいない人材。そりゃ劣勢にもなる。

だが、こっちには汐がいる。

「みんな！　まだまだ逆転できるよ」

汐が発破をかける。諦《あきら》めのムードが漂っていたA組に、少しだけ活気が戻った。

相手のサーブ。ネット際の女子がレシーブでボールを上に飛ばすと、汐が駆けた。ボールが落ちてくるタイミングに合わせ、とんっ。両足で跳ぶ。

空中で弓のように身体《からだ》を反《そ》らし、ばちん、とスパイクを打った。

ボールはコートの端っこ目がけて一直線に飛ぶ。レシーブは追いつかず、ボールはラインの内側に落ちた。バレー部顔負けの見事なスパイクだった。

相手のミス以外でA組が点を取ったのは、この試合で初めてかもしれない。

「わ～！　すごいっ、汐ちゃんナイス！」

星原《ほしはら》がパチパチと拍手を送った。同じコートにいる女子たちも「ナイス」と声をかける。汐《うしお》は照れくさそうに顔を綻ばせながら、彼女らの称賛を受け止めていた。

蓮見《はすみ》が感心したように「さすが」と言う。

「槻ノ木《つきのき》、ほんと運動神経いいな」

「ああ……」

俺は相槌《あいづち》を打ちながら、D組のコートを見た。

向こうは向こうで「どんまい」と声をかけ合っていた。中には悔しがる女子もいるが、特段、変わった様子はない。

汐の存在は、そういうものとして受け入れられている。

一か月くらい前から、汐は女子に交じって体育の授業に参加するようになった。担任の伊予《いよ》先生が、ずっと見学じゃ退屈だろうから、と汐に促したらしい。

最初、汐は断った。おそらく身体的な差から負い目を感じていたのだろう。だが俺や星原が「絶対大丈夫だって！」と言い続けた結果、渋々だが、体育に出るようになった。

A組のほとんどの女子は、もう今の汐に馴染《なじ》んでいる。だからこれといったトラブルは起きなかった。汐も今では楽しそうにしている。昔から身体《からだ》を動かすのは好きだったし、体育に出たい気持ちはずっとあったのだろう。

ただ、事情が事情なので、男子のときと同じように、とはいかなかった。

俺は再びA組のコートに視線を移す。

汐《うしお》が入ってから試合の流れが変わった。際どいボールは汐がカバーし、たまにスパイクも決める。次第に、他のA組女子もちょこちょこ点を入れるようになった。

D組との点差が徐々に縮まり、逆転の兆《きざ》しが見えてくる。

もしかしたら勝てるんじゃ、と期待が芽生えたところで、ピピ、とホイッスルが鳴った。

汐が、身体《からだ》からふっと力を抜いたのが分かった。同時にA組の女子たちが、汐に「お疲れ」とか「助かったよ」とか、そんな言葉をかける。汐は彼女らに返事をしてから、やり遂げたようにコートから退場した。

床に座って休んでいた星原《ほしはら》が、勢いよく立ち上がる。

「ありがと汐ちゃん！　あとは任せて！」

「頼んだよ、夏希《なつき》」

二人はすれ違いざまにハイタッチをする。

試合が終わったわけではない。汐の制限時間が来たのだ。

今回のような勝ち負けが発生する状況では、汐にハンデがつけられている。他にも接触を伴うスポーツや、筋力差が物言う陸上競技でも、何かしらの制限がかけられた。アクシデントを防ぐことと、公平を期すためだ。

汐はそれで納得しているし、女子からの苦情もない。他クラスと試合をするのは今日が初めてだが、平和そのものだった。

「はぁ、よかった……」

ついため息を漏《も》らすと、

「まだ逆転できてないぞ」

蓮見《はすみ》に突っ込まれた。

「別に勝ち負けはどうでもいいんだよ」

「応援してたんじゃなかったのかよ」

「してたよ。今のため息は、そういうあれじゃない」

「じゃあなんだ」

「汐のこと」

蓮見のために、ちゃんと説明してやる。

「ほら、球技大会って他のクラスと試合するだろ？　それで優勝したら表彰されるから、どのクラスもまぁまぁモチベーションが高い」

「はぁ」

「今回の球技大会は、汐が女子の部で参加する。ハンデがあるって言っても、他クラスのヤツに理不尽とか不平等とか言われる可能性はあったわけだ。それでもし汐を批判するような空気になったら……」

その光景を想像して、軽く身震いした。

「……めちゃくちゃ嫌《いや》だろ。でも今んとこそんな兆候はないから、安心した。さっきのため息は、そういうこと」

「授業参観に来た親かよ」

今日はよく蓮見《はすみ》に突っ込まれる。

「心配しすぎって言いたいんだろ。分かってるよ、それは……」

一応、自覚はあった。

俺は汐《うしお》の幼馴染《おさななじみ》であって、当然、保護者でもなんでもない。それでも、気になるのだ。汐が周りにどう見られて、本人がどう感じているのか。無駄な想像を働かせて、勝手に心配したり安心したりする。心配性というか、凝り性というか。どんな出来事でも汐が関わると必要以上に考え込んでしまう。

「俺が悩んでも仕方ないんだけどさー。気になるもんは気になるんだよ。文化祭のときに悟ったけど、この性分はもう治んないと思う」

「難儀だな」

「ああ。でも最近は一人で考え込むのやめたんだ。できるだけ言葉にしたほうが、俺にとっても周りにとってもいい気がしてさ。やっぱコミュニケーションって大事だなぁ、って思って」

「ふうん……まぁ、いいんじゃない？　意味深な表情で黙ってるよりマシだと思う。ちょっとバカっぽいけど」

「最後のは余計だろ」

「あと、そのうち地雷踏みそう」

「おいやめろ！　そんなこと言ったらまた一人で悶々《もんもん》としちゃうだろうが」

なんてやり取りをしていると、ホイッスルが鳴った。

バレーの試合が終わった。

結果はA組の負けだ。汐が抜けた途端、勢いを失って一気に押し切られた。まぁ読めていた結果だ。むしろバレー部員がいるクラスにここまで食いつけただけ上出来だろう。女子たちも多かれ少なかれそう考えているようで、悲愴《ひそう》感みたいなものは特になかった。

両クラスの女子たちが、ネットを挟んで一礼する。バレー部門のA組女子は、これで敗退だ。女子たちは集まったままコートの横に移動して、何やらきゃっきゃとはしゃぎ始めた。「カラオケ」とか「ファミレス」とか聞こえてくる。打ち上げの計画でも立てているのだろう。汐と星原《ほしはら》も、その中に交じっていた。というか、汐を中心に輪ができているみたいだ。バレーでの活躍でまた株を上げたらしい。

汐は、女子からの人気が高い。

男子だったときからそうだが、女子になってから〝人気〟の意味が変わった。恋愛的な「モテる」から、友達に向ける親しみに近い感情になった。

元々中性的な顔つきだから、ってのもあるだろうが、たぶん感性の問題だ。男子に比べて、女子のほうが汐《うしお》に馴染《なじ》むのが早い。向けられる好意の質は変わっても、汐がまたクラスの人気者に返り咲く日は近いだろう。

……ただ。

俺はさりげなく、汐から視線を横にスライドさせる。ピンと張った糸を辿《たど》るように、バスケが行われているコートの横を見た。そこではバレーと同じように、控えの選手たちがパイプ椅《い》子《す》に座って待機している。

その中の一人が、暗い情念のこもった目で、汐を見つめている。

——女子のほうが汐に馴染むのが早い。

それは事実だが、もちろん全員ではない。A組には、まだ汐を受け入れられない女子がいる。

西園《にしぞの》アリサがそうだ。

小柄な体格にツインテールという、ぱっと見の可愛《かわい》らしい印象に反して、その性質は獰猛《どうもう》としか言いようがない。ただひたすらに我《が》が強く、病的なほどの負けず嫌い。

七月に謹慎を食らってから多少は大人しくなったが、今の汐を否定する姿勢は変わらない。西園が考えを改めないかぎり、二人が和解する日は来ないだろう。

……まぁ、それはそれでいいと思うけど。

変に干渉し合って摩擦《まさつ》が起きるくらいなら、相容れない関係のまま、距離を保っておいたほうがいい。

俺は西園から視線を外す。

バレーのコートで、他クラス同士の決勝戦が始まった。


その後、バスケ部門のA組女子は準決勝で敗退し、それがA組における最高戦績となった。

球技大会の閉会式を終え、生徒たちは体育館を出る。時刻は午後四時を回っていた。これから授業もない。あとは帰るだけだ。

各々《おのおの》着替えを済ませ、二年A組の教室に戻ってくる。もう肌寒い季節なので、制服はみんな長袖《そで》だ。ブレザーの下にパーカーを着ているクラスメイトもいる。

みんなが帰る準備をしたり他愛《たわい》もない談笑を始めたりするなか、俺は汐に目をやった。今は星原《ほしはら》と話していた。何か約束を取り付けているみたいだ。ちょっと聞き耳を立ててみる。

「それで、汐ちゃんはマックとジョイフルどっちがいい？」

「うーん……人が多いならジョイフルのほうがいいんじゃない？」

「たしかに！　じゃあそうしよっか。みんなにも伝えとくね」

「助かるよ」

星原は汐のもとを離れると、他のクラスメイトに声をかけ始めた。

やっぱり打ち上げに行くみたいだ。声をかけているのは女子ばかりなので、俺はお邪魔しないほうがいいだろう。今日は一人で帰るか。

椅子《いす》から立ち上がり、学生鞄《かばん》を肩にかける。そのまま教室から出ようとしたら、

「汐《うしお》、いるか？」

長身の男子が、ドアから顔を覗《のぞ》かせた。

げ、と心の中で声を漏《も》らす。あいつ……能井風助《のいふうすけ》だ。かつて汐が所属していた陸上部の男子。いかにもスポーツマンらしい風貌をしているが、俺はこの男から爽《さわ》やかさみたいなものを感じたことがない。というか、一つもいい印象を持っていない。

俺が文化祭の実行委員会に参加したとき、能井に因縁をつけられたことがある。こいつも、西園《にしぞの》と同じだ。『彼』だったときの汐に固執し、今の生き方を否定している。

「なんか用？」

椅子に座ったまま、汐が嫌《いや》そうに返事をした。

能井は教室に入り込んでくると、汐の机の前で足を止めた。

「話がある。来い」

「ダメだよ！」

横から星原《ほしはら》が答えた。

「汐ちゃんはこれからみんなと打ち上げに行くんだよ。だから無理です」

きっぱりと断る星原。

　俺が能井に因縁をつけられたときも、星原は加勢してくれた。自分より頭一個分は高い能井に、当時はぷるぷると震えていたが、今では臆《おく》さず立ち向かっている。文化祭で実行委員長をやり遂げてから、ずいぶん成長したものだと今になって感心する。

「すぐ終わる。俺だってこのあと部活あんだよ。ほんの数分借りるだけだ」

「だったらここで話せばいいと思う」

「大事な話なんだよ。関係ないヤツに聞かれたくない」

「じゃあ、私も行く」

「おい、人の話を聞かないタイプか？　関係ないヤツに聞かれたくないって言ってんだろ」

「関係なくないもん。私は汐ちゃんの友達だよ」

　それに、と言って星原は眉間《みけん》に少し力を入れた。

「能井くん、荒っぽいことするかもしれないから」

　ぴく、と能井の頬《ほお》が一瞬引きつる。同時に、教室の空気が若干ぴりついた。

　荒っぽいこと。それはたとえば、汐が初めて学校にスカートを穿《は》いてきた日、能井が汐の胸ぐらを掴《つか》んだような……そういう行為を指すのだろう。当時、A組の教室にいた生徒なら、誰もが覚えている。

　能井は居心地が悪そうに短髪の頭をぼりぼりかいた。

「しねえよ。人のことなんだと思ってんだ」

「でもクソもねえよ。さっきからめんどくせえヤツだな～。すぐ終わるんだから引っ込んでろ」

「でも」

怒気を孕《はら》んだ声音《こわね》に、さすがの星原《ほしはら》も怯《ひる》んだように唇《くちびる》を噛《か》んだ。

あいつ、星原になんてことを……許せねえ。

助太刀しようと、肩にかけていた学生鞄《かばん》を下ろしたら、

「風助《ふうすけ》」

汐《うしお》が立ち上がって能井《のい》の名前を呼んだ。

「夏希《なつき》の立ち会いを断るなら、ぼくは行かない」

毅然《きぜん》とした態度で能井に告げる。イライラした様子の能井とは対照的に、汐は冷たさを感じるほど落ち着いていた。だがその眼光は鋭く、瞳の奥に静かな怒りを湛《たた》えているように見えた。

汐と能井は、じっと睨《にら》み合う。

騒がしかった教室は、いつの間にか静かになっていた。談笑していたクラスメイトも、声をひそめて成り行きを見守っている。

ちっ、と能井が舌打ちをした。

「じゃあ、お前も来い」

星原にそう言うと、能井は大股《おおまた》で教室から出て行った。

星原は近くにいた女子に「ごめん、先に行ってて」と声をかけると、汐とともに能井についていく。

雑然とした会話が教室で飛び交う。あの三人を気にかける声がちらほらと聞こえた。俺はしばらくバカみたいに突っ立っていたが、すぐハッとして廊下に飛び出す。

「ちょ、ちょっと待て！」

三人を呼び止める。

怪訝《けげん》な顔で振り返った能井に、俺は言った。

「俺も行く」

「は？　なんで？　つーか誰だよお前」

「知ってるだろ。実行委員会のとき、そっちから絡んできたんだぞ」

「覚えてねえよ。別に覚える価値もないだろ」

それは覚えてないと出てこないセリフだろ、と喉《のど》まで出かかった言葉を飲み込む。汐と星原はこのあと打ち上げに行くみたいだから、無駄に時間を使いたくない。

「能井は、汐と折り合いが悪いんだろ。もし何かあったとき……その、あれだから、俺もついていく」

「あれってなんだよ」

「あれってのは……ええと……」

単に能井《のい》が何を話すか気になるから、とは言えない。それじゃただの野次馬だ。だから適当な理由を考える。

たとえば、万が一「荒っぽいこと」が発生したとき、星原《ほしはら》一人じゃ対処できないかもしれないから——とか。おお、即興で考えたわりには筋が通っている。実際そういうリスクもあるし。

でもそれは、星原を過小評価しているというか、遠回しに役立たずと言っているようなものでは……と思って、やっぱりやめる。

「分かるだろ、言わなくても」

何も思いつかなくて、曖昧《あいまい》な表現にした。だが能井は納得しなかった。

「分かんねえよ。ふざけてんのか？　こっちは真面目《まじめ》にやってんだぞ。野次馬は消えろ」

「や、野次馬じゃねえよ」

「じゃあなんなんだよ。はっきりした理由がないなら帰れよ。このあと部活があるって俺が言ったの聞こえなかったか？　これ以上突っかかってきたらマジでぶん殴るぞ」

や、やばい。口調はキツいけど、結構もっともなことを言っている。

用事があるのは汐《うしお》と星原も同じだ。早くこの場を収めないと……ってあれ？　これ、本当に俺ただの野次馬になってないか？　なんならすでに邪魔者のような……。

どうしようかと焦っていたら、汐が呆《あき》れたようにため息をついた。

「咲馬《さくま》も一緒に来ればいいよ」

助け船を出してくれた。だいぶ情けないが、これはありがたい。

俺はふふんと軽く鼻を鳴らして能井を見る。

「ほら、汐もこう言ってるんだし」

「なんでちょっと勝ち誇ってんだよ。お前ほんっとムカつくな……」

能井が悔しそうに汐のほうを向いた。

「おい。あいつといる意味ある？」

「意味は……そんなにないけど。いたほうが、ぼくは話しやすいから」

「なんだよそれ。意味分かんねえ」

能井は苛立《いらだ》たしげに顔を歪《ゆが》める。だがそれ以上の追及は諦《あきら》めたようだ。俺を見て「余計な口を挟むなよ」と釘を刺すと、廊下を進んだ。

三人揃《そろ》って能井に続く。歩きながら、俺はひっそりと汐に声をかけた。

「助かったよ、汐」

「次はもう少し考えてから喋《しゃべ》ってね」

「う……悪かったよ」

反省していると、横から星原が身を寄せてきた。

「でも紙木《かみき》くんがいると頼もしいよ」

「マジで？　嬉《うれ》しいこと言ってくれるな……」

「やっぱりさ、二対一より三対一だよね」

「だな。数の力は偉大だ。いざとなったら三人でボコボコにしよう」

「頑張る」

「おい！　全部聞こえてんぞ！」

能井《のい》が噛《か》みつきそうな剣幕で振り返る。聞こえる声量で喋《しゃべ》っていたから当然の反応だ。放課後の人気《ひとけ》が多い廊下では手出しできまい。

それから階段を下り、廊下を進んで、外に出る。

能井は中庭の真ん中で足を止めた。四方を校舎に囲まれた中庭は、陽《ひ》の光が入らず、薄暗い。おまけに少し肌寒かった。

昼間は憩いの場となる空間だが、今は誰もいない。場所はここでいいらしい。

「それで、話って？」

汐《うしお》が切り出した。

能井は真剣な表情で汐に向き合う。

「知ってるだろうが……男子陸上部は、高校生駅伝の県予選を通過した」

「全校集会で聞いたよ。おめでとう」

「九年ぶりの出場だ。来月には本戦が始まる。メンバーのモチベーションは十分高いし、頑張り次第じゃ上位に食い込めると思ってる」

「そうなんだ」

「だが俺は、もっと速く走れるヤツがほしい」

汐が、わずかに目をすがめた。

「県予選じゃ長瀬《ながせ》先輩にエントリーしてもらってたんだが……言っちゃ悪いが、だいぶ足を引っ張る形になってたな。力不足は本人も自覚してる。それで最近は必死に走り込んでるみたいだが、たぶんそんなに伸びない」

「……それで？」

「まだ分からないか？」

俺は、分かってしまった。たぶん星原《ほしはら》も理解している。そして汐は、きっと俺と星原よりも早くに察していただろう。だけど自分からは言わず、能井が言葉にするのを待った。

しびれを切らした能井は、観念したように口を開く。

「戻ってこい。男子陸上部に」

やっぱりそうか、と俺は思った。

汐は心底憂鬱《ゆううつ》そうな顔をした。この反応も、やっぱりか、という感じだった。

「無理だよ」

「まぁ多少はなまってるだろうが、お前は素質に恵まれてる。ちょっと練習すれば、すぐ一線で走れるようになるだろ」

「体力の問題じゃない」

「安心しろ。高校生駅伝はエントリーしてなくても出場できる。ツバ高の生徒なら野球部だろうが帰宅部だろうがな」

「そうじゃなくて」

「自信がないなら俺が練習に付き合ってやってもいい」

「風助《ふうすけ》」

諭《さと》すように名前を呼ぶ。

「ぼくはもう、男子陸上部では走れない」

その言葉に、今度は能井《のい》が顔を曇らせた。

「なんでだよ。別に怪我《けが》してるわけじゃねえだろ。出場できる資格も素質もあるのに走らないなんて……もったいなさすぎる」

もったいない。それは俺も、汐《うしお》に対して思ったことがある。汐が女子として生きるようになってから間もない頃《ころ》だ。優れた容姿と運動神経を持ちながら、なぜ生きやすいほうを選ばないのか理解できなかった。

でも、今なら分かる。どっちのほうが楽とか得とか、そんな効率の話ではないのだ。能井は、それを分かっていない。

ただそれより、俺が気になるのは。

「あの……ちょっといいか？」

俺が話に割って入ると、能井がぎろりと睨《にら》んできた。怖！　いやまぁ口を挟むなと言われたから仕方ないか。

「さっきから気になってたんだけど……汐の専門って、短距離じゃなかったっけ？」

中学の頃《ころ》は間違いなくそうだった。全校集会で何度も表彰されていたので、よく覚えている。そのいずれも短距離部門だった。陸上には明るくないが、短距離選手が駅伝に出ることはないだろう。

「お前、そんなことも知らないのについてきたのか……」

能井の視線が殺気を帯びる。さっきから俺が何か言うたび、能井を怒らせているような気がする。悪気はないのだが、さすがにちょっと申し訳なくなってきた。

「汐ちゃん、去年の夏から長距離に転向したんだよ」

ビビって何も言えずにいると、星原《ほしはら》が横から教えてくれた。

「あ、そうだったのか……」

高一の頃は汐と疎遠になっていたから知らなかった。

水を差したことを謝罪するかどうかで悩んでいたら、能井は何か思い出したように、視線を汐に移した。

「あのときもそうだったよな。誰にも相談せず、お前は勝手に短距離をやめた」

「走る距離が変わっただけだよ。責められる筋合いはない」

「距離が変わっただけ？　お前なら分かるだろ。スプリンターとマラソンランナーとじゃ練習メニューも筋肉の作りも全然違う。そんな簡単に行ったり来たりできるもんじゃない。なのにお前は……長距離に来た。なんでだ？」

「……そっちのほうが向いてると思ったんだ」

「短距離でも十分結果を残していただろ」

「別に、深い理由なんかないって」

「嘘《うそ》だ」

「風助《ふうすけ》はぼくに何を言ってほしいんだよ」

うんざりした口調で汐《うしお》が言った。表情には怒りが見て取れる。

普段人当たりがいいだけに、汐が怒ると結構怖い。傍らで見守る星原《ほしはら》が、ちょっとだけ身体《からだ》を強張《こわば》らせる。だが能井《のい》は、萎縮《いしゅく》するどころかますます不機嫌になった。

「お前の考えてることが全然分からん。急にスカートなんか穿《は》いてくるわ勝手に陸上部を辞めるわ……ほんと、何がしたいんだよ。振り回されるこっちの身にもなれ」

「それは被害妄想だよ。急に部活を辞めたことは悪いと思ってるけど、風助に迷惑をかけた覚えはない。君が勝手に傷ついてるだけだ」

「……」

能井は黙り込んだ。

「もういいでしょ。ぼくは陸上部には戻らない。この話はそれで終わり。それじゃあ駅伝頑張ってね」

「おい、まだ話は」

「夏希《なつき》、咲馬《さくま》。行こっか」

一方的に話を打ち切って汐は歩きだした。星原は慌てて汐についていく。俺は能井を一瞥してから、星原と同じようにあとを追った。

おそらく、能井は汐の変化に気持ちが追いついていないのだろう。もしかすると駅伝は口実で、単に汐と関わる機会を欲しているだけかもしれない。それが汐のことを理解したいからなのか、以前の汐に戻ってほしいからなのかは、分からない。前者なら同情の余地はあるが……どちらにせよ、汐がこれ以上の対話を望んでいないなら、俺の出る幕はない。

「待てよ」

能井が呼び止める。だが汐は足を止めない。

一拍の空白を置いてから、

「俺たち、いいコンビだったろ?」

どこか懇願するように言った。

その言葉で、汐は足を止めた。それでも振り返りはしなかった。

俺はさりげなく汐《うしお》の顔を覗《のぞ》く。無表情……いや、わずかな倦怠《けんたい》が表情に出ている。

「よく二人でタイムを競い合ったの、忘れたわけじゃないよな。何勝何敗か、俺、数えてんだぜ。毎日くたくたになるまで走り込んで、部活が終わったらたまにファミレス寄って……それで、朝はいっつも同じタイミングで部室に来てた。俺にとっちゃ、結構いい思い出だったんだけどな」

能井《のい》がこちらに一歩近づく。

「お前が陸上部に戻ってきて、ちゃんと前みたいに走ってくれるなら、勝手に部活を辞めたことは忘れる。好きな格好をしてもいいし、誰と絡もうが文句言わねえよ。それに、お前だって本当は全力で走りたいんじゃないのか？　今日の球技大会、ちらっと見たけどよ。あんな……女子に交じって試合しても、物足りないだろ」

能井の話を聞きながら、俺はチリチリと胸を内側から焼かれるような感覚を味わっていた。きっと能井にとっては譲歩しているつもりなのだろう。でも、傲慢《ごうまん》さを隠しきれていない。言葉の端々に、支配欲のようなものが感じられる。

「好きな格好をしてもいい、ね」

汐が振り返る。

そのとき、ぞくり、と悪寒が走った。こがらしでも吹いたのかと思った。でも違った。今のは汐から感じたものだ。表情は落ち着いているが、身震いするような冷ややかさを醸《かも》し出していた。

　雰囲気で分かる。これは、かなり怒っている。

「どうしてぼくがスカートを穿《は》くのに風助《ふうすけ》の許可を取らないといけないのかな？　それに誰と絡もうが、だって？　それは君が決めることじゃないよ。絶対に。……たしかに、周りから見たら、ぼくたちはいいコンビだったかもしれない。互いに切磋琢磨《せっさたくま》できた部分は、間違いなくある。でもそれは、陸上部の中だけの話だよ」

「な……」

　明確な拒絶に、能井は愕然《がくぜん》と目を見開いた。

「それにさ。全力で走りたいとか、物足りないとか……分かったふうな口を利かないでほしい。全然、そんなことはないよ。全力で走りたいときは走るし、体育は今の環境で満足してる。もちろん、思いどおりに行かないことだってあるけど、それでもぼくは、以前の自分に戻りたいとは微塵《みじん》も思わない」

　強い語調で、最後まではっきりと言い切った。

　ふう、と息をつく。言いたいことを言って多少はすっきりしたのかと思いきや、依然として冷たい視線を能井に注いでいた。

「先に謝っとくよ。ごめんね。短距離をやめた理由、本当はちゃんとあるんだ」

「なに……？」

能井《のい》が当惑を露《あら》わにした。

汐《うしお》の言い方からして、能井には話しづらいことなのだろう。俺なりに理由を考えてみたが、見当もつかなかった。単なる適性の問題なら黙っておく必要もない。

答えを待ったが、汐は一向に言葉を発さなかった。何か喋《しゃべ》ろうと口を開くことはあっても、声にはならず、徐々に俯《うつむ》いていった。そのまま五秒、一〇秒と時間が流れていく。

……ちょっと不安になってきた。どれだけ話しづらいことなんだ。

「おい、言うんじゃないのかよ」

能井が突っ込む。すると汐は、何かを覚悟をするように深く息を吸い込んで、おずおずと顔を上げた。だけど能井とは目を合わせず、斜め下を見つめて言った。

「脚が太くなるの、嫌《いや》だったんだ」

「は？」

「短距離は……瞬発力が、肝《きも》だから。脚が太くなりやすいでしょ。まぁ、スプリンターが全員そうってわけじゃないけど。これ以上、太ももとかふくらはぎがごつくなったら、ちょっと嫌だなって……」

「……は？」

能井は混乱している。気持ちは分かる。やたらと溜《た》めるので、一体何を言うのかと思ったら……正直、肩透かしを食らった。

でも、汐にとってはきっと切実な問題なのだろう。能井が言っていたように、短距離から長距離に転向することは、たぶんそう易々《やすやす》と決められることではない。インターハイにまで出場した汐ならなおのこと。だから、軽率だなんて思っちゃいけない。……でも脚か……脚の太さなんか全然気にしたことなかったな……。

汐は軽く咳払《せきばら》いをすると、キッと目に緊張感を取り戻した。

「だから、風助《ふうすけ》と走りたくて長距離に転向したわけじゃない」

「いや、待て。お前、脚が太くなるのが嫌って言ったのか？　たかがそんな理由で、短距離をやめたのか？　あんなに結果残してたのに？」

早口で問いただす能井に、汐はバツが悪そうに口を尖《とが》らせた。

「……別に、分かってもらえるとは思ってないよ」

「私は分かるよ！」

と勢いよく共感を示したのは星原《ほしはら》だ。その顔は真剣だった。

「中学のとき、水泳部の友達がいたの。日焼けが嫌で部活を辞めちゃったんだけど、水泳はどうしても続けたかったみたいでね。それで、屋内プールで泳げるスイミングスクールに通い始めたんだ。たくさんお金がかかるから、みんなは部活のほうがいいって言ってたけど、その子はスイミングスクールに通い続けた……」

どこか必死な様子で、言葉を紡ぐ。

「他の人からしたら大したことなくても、自分にとってはすごく嫌《いや》なことってあるよ。それに、みんな大なり小なり見た目は気にしちゃうものだし。だから私は、たかがそんな理由だなんて思わないよ」

「夏希《なつき》……」

星原《ほしはら》のまっすぐな優しさを受けて、汐《うしお》は静かに笑《え》みをこぼした。

「あ、でも私は太ももがむちむちの汐ちゃんも見てみたいな……」

「いや、それは……どうだろう……」

「ふざけんな！」

能井《のいほ》が吠えた。

目はつり上がり、額《ひたい》に青筋が浮いている。混乱から脱して怒り心頭の様子だ。今にも殴りかかってきそうな剣幕だったので、俺は警戒のレベルを一気に引き上げた。

「人のこと舐《な》めるのも大概にしろよ。脚が太くなるのが嫌？　モデルにでもなったつもりかよ。いいか。どれだけ見た目に気を使おうが、お前が男なのは変わらないんだからな」

鋭い痛みが走ったように、汐は一瞬、目を細めた。

「おい、お前……」

今のは看過できない。俺は身を乗り出す。だが能井は汐以外眼中にないようで、また口角泡を飛ばす。

「あと、いいコンビって言ったの、撤回する。お前とセットに扱われるなんてごめんだ」

「好き放題、言ってくれるけどさ」

抑えた低い声で、汐が言った。そして挑発するように冷笑する。

「君はそんなぼくより足が遅いこと、忘れたわけじゃないよね」

能井は、今度は動じなかった。じっと汐を睨《にら》みつけている。

二人のあいだに、火花は散らない。ただ底冷えするような冷気だけが漂っていた。

りり、りり、と近くの茂みでコオロギが鳴き始めた。場違いなほどに風流で心地よい虫の音。

それが何かの合図になったように、能井が口を開く。

「じゃあ、俺と勝負しろ」

汐は眉《まゆ》をひそめた。能井は続ける。

「二週間後。五〇〇〇メートル走。俺が勝ったら、男子陸上部に戻ってきてもらう。駅伝にも出ろ。お前が勝ったら俺が今まで言ったこと、全部謝ってやるよ」

「それはフェアじゃないだろ」

俺は横槍《やり》を入れる。

また能井に睨まれたが、こちらにも言い分はあった。

「汐にはブランクがある。それに負けたら戻ってこいって、意味が分からん。逆だろ、普通。仮に陸上部に戻っても、戦力にならなかったらどうするんだよ」

「おい、今の聞いたか？　汐《うしお》は使い物にならない、ってお友達は言ってるぞ」

「そんな言い方してないだろ！」

性格悪！　部活の中だけとはいえ、汐はよくこんなのと一緒にいられたな……。

分断を煽《あお》ってるだけなので受け流せばよかったのだが、まんまと苛立《いらだ》ってしまった。誤解されたら嫌《いや》だな、と不安になりながら汐の顔色を窺《うかが》おうとしたら、大丈夫、と汐からアイコンタクトが送られてきた。

汐は再び能井《のい》に向き直る。

「咲馬《さくま》の言うとおりだよ。ぼくが駅伝に出たところで、なんの役にも立たなかったらどうするつもり？　そもそも勝負を受ける義理もない」

「へえ？　勝つ自信ないんだな」

「そうは言ってない」

「ないんだろ？　認めろよ、今の俺には勝てないって。女子に囲まれて楽しくやってる汐ちゃんは、すぐに息が切れちゃうもんな」

分かりやすい挑発だ。だがその言葉を聞いた汐は、目に明らかな怒りを灯《とも》した。

「……いいよ。そんなに言うなら、受けて立つ」

俺はちょっと驚く。乗るのか、この勝負に。

能井はにやりと笑う。

「言ったな？　言質《げんち》取ったからな。逃げるなよ」

「それより、ぼくが勝ったらちゃんと謝ってもらうよ」

「いいぜ。じゃあ、話は終わりだ」

能井は「どけよ」と俺に言って道を開けさせると、校舎の中に戻っていった。さっきまでのしぶとさが嘘《うそ》みたいに切り替えが早い。その後ろ姿には、自信が漲《みなぎ》っていた。

能井の姿が見えなくなると、汐はふらふらと歩きだした。能井とは逆方向に。どこに向かうのかと思ったら、近くのベンチに近寄って、すとんと腰を下ろす。そして燃え尽きたように、深くうなだれた。髪が垂れ下がり、顔が隠れる。

「汐ちゃん、大丈夫？」

星原《ほしはら》が心配そうに駆け寄る。俺もそうした。汐はうなだれたまま、額《ひたい》に手を当てた。

「参ったな……」

ひどく疲れた声だった。

「乗るつもりはなかったんだ。でも、つい……熱くなってしまった」

汐の全身からは、どんよりとした後悔が滲《にじ》んでいる。

能井の口車に乗せられてしまったわけか……。でも考えてみれば、仕方なかったのかもしれない。見た目の印象からどんなときでも冷静そうな汐だが、これで結構、感情的になることがある。一緒に過ごす時間が長くなって分かったことだ。汐も人並みに、怒ったり悲しんだりする。

……いや、違う。そうじゃない。

普通の一七歳に比べたら、汐《うしお》はかなり冷静なほうだ。それでも感情的な行動を取ってしまうのは、我慢強い汐にとっても、心のキャパシティを超える出来事が多かったから……そう考えると、ひどく胸が痛んだ。

星原《ほしはら》は汐の隣に座ると、気遣わしげに声をかけた。

「断りに行こう。あんなの、不公平だよ」

「いや、それは大丈夫」

汐は勢いよく顔を上げた。

「受けたからには、走るよ。何も勝ち目がないわけじゃない」

「……ほんとに？」

「そこは信じてよ」

汐は星原に微笑《ほほえ》みかけた。どこか痛々しい笑《え》みだった。

「無理するなよ」

そう言って、俺も汐の隣に座った。俺と星原で汐を挟むポジションだ。

「元々フェアな勝負じゃないんだ。汐が勝ったら、すごいけどさ。もし負けて能井《のい》に従うくらいなら、勝負なんかしないほうがいい。それでも、やるんだったら……」

汐《うしお》と星原《ほしはら》が、こっちを見る。俺は続けた。

「汐の代わりに俺が走る」

「咲馬《さくま》が？」

ふっ、と汐は軽く吹きだした。

「勝てるわけないじゃん。ずっと帰宅部なのに」

「中一の頃《ころ》はちょっとだけテニスやってたぞ」

「一か月だけでしょ？　そんなのやってないのと同じだよ」

「じゃあ、汐が負けたら代わりに俺が陸上部に入る」

「風助《ふうすけ》が認めるわけないじゃん……」

何言ってんの？　とでも言いたげな顔をされた。

思うように気持ちが伝わらなくてやきもきする。こっぱずかしくて気は進まないが、本心をそのまま口にすることにした。

「……力になりたいんだよ」

え、と汐は短く声を発して、目を瞬いた。

「汐が消耗していくのは……見ていて、なかなか辛《つら》いものがある。だから、俺でも力になれたらいいなって、そう思ったんだよ……」

「そ、そうなんだ……」

困ったように返事をすると、汐は下を向いた。

気まずい空気になってしまった。だから言いたくなかったのだ。

ちら、と横目で汐の様子を窺《うかが》うと、星原がしきりにうんうんと頷《うなず》いていた。同意を示してくれているらしい。

汐はゆっくりと頭を持ち上げ、俺にじとっとした目を向けてきた。

「文化祭が終わってから、咲馬はいろいろはっきり言うようになったよね」

「いや、だって、汐が黙んないほうがいいって言ったから」

「言ったけどさ……咲馬はちょっと、極端」

「塩梅《あんばい》が難しいんだよ……」

もどかしさに苛《さいな》まれながら言葉を交わす。どうにも居心地が悪くて視線を上げると、校舎に切り取られた四角い空が朱に染まりつつあった。能井《のい》との話がこじれたせいで、ずいぶん時間が経《た》ってしまった。

「……さて」

汐が立ち上がる。

「そろそろ行かなくちゃ」

「あ、ほんとだ！」

星原も続く。

二人はこのあと打ち上げに行く用事がある。一緒に帰れないのは残念だが、今回は仕方ない。

俺が立ち上がると、星原《ほしはら》が「あ、そうだ」と思い出したように言った。

「紙木《かみき》くんも打ち上げに来ない？」

「や、遠慮しとくよ。それって女子中心のやつだろ？　俺が行くと絶対浮く」

「えー、みんな気にしないと思うけどなぁ」

「いいっていいって。また今度、打ち上げの感想でも聞かせてくれよ」

そこまで言うなら、と星原は引き下がる。

とりあえず三人で校舎に戻って、学生鞄《かばん》を取りに行く。西日が差し込む2—Aの教室には、誰もいなかった。俺たちで最後みたいだ。各々《おのおの》荷物をまとめると、廊下に出て、俺が鍵《かぎ》をかけた。

「鍵は俺が返しとくよ。二人は行っていいぞ」

「ほんとに？　ありがと紙木くん」

「助かるよ」

星原と汐《うしお》の礼を受け止めて、俺は「それじゃあな」と別れの挨拶《あいさつ》をする。そして一人で職員室へと向かった。

人気《ひとけ》のない廊下を歩きながら、数分前の出来事に思いを巡らす。

能井風助《のいふうすけ》——。

あいつの話しぶりからして、能井と以前の汐は、そこそこ親しかったのだろう。周りから見ればいいコンビ、というのも、まぁそのとおりなんだろうなと思う。能井は少なからずの好意や仲間意識を、汐に感じていた。

それが今では……。

能井が汐にぶつけた誹謗《ひぼう》を思い出すと、怒りと苦々しい感情がこみ上げてくる。思えば能井の言動は、西園《にしぞの》アリサと似通ったところがある。あいつも汐に対してひどい言動を繰り返した。以前は仲がよく、しかも西園に関しては、汐のことが好きだったというのに。

愛情は、時として憎悪に反転する。

めちゃくちゃ好きだった人が、ほんの些細《ささい》なきっかけで、めちゃくちゃ嫌いになったりする。それは世の中にありふれた現象なのだろう。

以前、ニュース番組で見たことがある。とある人気アイドルが、殺害予告を受けた。後に殺害予告を送った人物は、元々そのアイドルの熱烈なファンだったことが判明した。

——好きでいればいるほど、思いどおりに行かなかったとき「裏切られた」と強く感じてしまうのでしょうね。

番組のコメンテーターは、たしかそんなふうに話を締めくくっていた。

程度の差こそあれ、これは誰しも他人事《ひとごと》ではないと思う。俺だってそうだ。中学時代に汐《うしお》と疎遠になった理由は、俺の好きな女の子が汐に告白したからだった。汐は何も悪くないのに、俺は勝手に「裏切られた」と感じてしまった。

その点では俺も、能井《のい》や西園《にしぞの》と同類だ。

……別に、それでもいい。

本質的なところは、もう変えようがない。俺があの二人と違うことは、言動や態度で証明する。だから俺は、今の自分を……たまに疑ったりしながら、基本的には、信じる。

たぶん、それしかないんだろう。

俺は職員室に教室の鍵《かぎ》を返して、帰路についた。

＊

強く吹いた風が、教室のガラス窓をことこと鳴らした。

「起立、礼」

ありがとうございました、とクラスメイト一同が礼をして、昼休みに入る。

文化祭も球技大会も終われば、二学期の学校行事は何も残っていない。修学旅行はまだ先だし、あとは期末テストと冬休みを待つだけとなる。そのせいか、教室には消化試合のような弛《し》緩《かん》した空気が漂っていた。

いつもの喧噪《けんそう》も、心なし穏やかだ。落ち着いた空気が居心地よく感じられる。こんな雰囲気がずっと続けばいいのに……そう思っていたところに。

ガラーー！　と勢いよくドアを開けて教室に入ってきた生徒がいた。

「汐！　僕が来たよ～」

出たな……。

澄んだアクアリウムに、どぼんとブラックバスが飛び込んできたようなイメージが想起される。ここで言うアクアリウムはこの教室で、ブラックバスはいうまでもなく世良慈《せらいつく》を指す。

世良は机を避《よ》けながら教室の中へ足を進めていく。そして弁当を食べようとしていた汐に、頬《ほお》ずりするみたいに抱きついた。

めちゃくちゃ嫌《いや》そうな顔をする汐。同じ机で弁当を広げていた星原《ほしはら》は「ぎゃー！」と悲鳴を上げた。

「ちょちょちょっと世良くん！　離れて！」

「ごめんよ汐～。ここ最近ちょっとバタバタしててさ。あんま話せなかったね」

「あ、暑苦しい……」

汐《うしお》は心底うっとうしそうに世良《せら》を引っぺがした。

つれないなぁ、と世良は大げさに残念がると、今度は星原《ほしはら》のほうを向いた。

「夏希《なつき》ちゃんも元気してた?」

「普通……です」

「おや? 壁を感じるねぇ。僕とも仲よくしてくれよ~。あ、なっきーって呼んでいい?」

「ひええ、助けて汐ちゃん……」

「世良、夏希をからかうのはやめて」

「えー、そんなつもりないんだけどな」

へらへらと笑う世良。見てるほうは無駄にヒヤヒヤしてしまう。

世良の存在は俺にとって明らかな異分子だ。汐のことを好きでいながら、すでに彼女が四人くらいいて、本人はそれを隠そうともしない。あいつの軽薄な笑《え》みは、ある種のポーカーフェイスだ。心の内では何を考えているのか、さっぱり読めない。得体の知れないヤツだった。

できれば関わりたくないのだが、見てのとおり汐にご執心なうえ、俺にもたびたびちょっかいをかけてくる。まぁ汐にご執心というのも、本心が読めないだけに、実際はどうなのか怪しいところだが。

「毎回思うんだけど、汐の弁当っておいしそうだよね。おかず一個もらっていい?」

「嫌《いや》」

「じゃあ夏希ちゃんから恵んでもらおうっと」

「ええっ。私も分けられるものはないかな……」

「おいおい二人して冷たいな。こっちはお昼ご飯を我慢して来たっていうのに」

「食べてくりゃよかったじゃん」

「汐に早く会いたかったんだよ～」

「あっそう」

汐も星原もしょっぱい対応だが、こうして見ると仲よく見えなくもない。あれでコミュ力はバカみたいに高いし、クラスメイトからの人気もある。深く関わらなければ、付き合って楽しいヤツであるんだろう。

でも……やっぱり、相容れないと思う。

とりあえず俺も昼食を取ろうと、鞄《かばん》から弁当を取り出す。そのとき。

「きしょ……」

小さな、だけどたしかな嫌悪のこもった声が、耳に届いた。

声の主は西園《にしぞの》だ。少し前まで昼休みになると他クラスの女子と食堂に行っていたが、最近は教室で食事を取っている。一人で、だ。女子として学校生活を送る汐に、数々の嫌がらせを働いた結果、今では西園《にしぞの》がクラスの腫《は》れ物《もの》扱いになっている。当然の帰結ではあるが、なんとも皮肉だった。

位置的には、俺よりも汐《うしお》たちのほうが西園に近い。西園の陰口はあちらにも届いたようで、一瞬、三人のあいだに沈黙が降りた。それは気のせいかと思うほど些細《ささい》な空白だが、星原《ほしはら》の硬い面持《おもも》ちを見るに、やはり原因は西園だろう。

「なんだか心ない言葉が聞こえた気がするなぁ」

世良《せら》が西園のほうに身体《からだ》を向けた。

「君だろ？　アリサちゃん」

「……」

西園は黙々と食事を進めている。コンビニか学校の購買で買ったであろうサンドイッチを、まったくおいしくなさそうに頬張《ほおば》る。机の上には五〇〇ミリリットルの牛乳パックがあった。

無視されたにもかかわらず、世良はご機嫌な足取りで教室の後方へと向かう。西園の机の前で立ち止まると、近くの空いた椅子《いす》を引っ張ってきて、隣に座った。

クラスメイトの何人かが、分かりやすく世良に関心を持った。誰にでもフレンドリーな世良と、凶暴で誰彼構わず噛《か》みつく西園。その二人が相対することで起きる化学反応を、ひそかに期待しているのだろう。

「そういやアリサちゃんとは話したことなかったよね。一応自己紹介しておくよ。僕は世良慈《いつく》。よろしくね」

「……」

「その髪、ブリーチかな？　似合ってるよ。そのツインテールもね」

「……」

「アリサちゃん。無視されてる相手に話を聞いてもらう簡単で確実な方法を教えてあげよう。それはね、物を取り上げることさ。携帯をいじってるなら携帯を。音楽を聴いているならイヤホンを。読書中なら本を。君の場合は食事中だからこれだね」

西園が手をつけようとしたサンドイッチを、世良が横取りした。自分の昼食を奪われた西園は、キッと世良を睨《にら》む。

「……喧嘩《けんか》売ってる？」

「食堂にでも行かない？　なんか奢《おご》るよ。誰かと食べたほうが楽しいしさ」

「行かない。サンドイッチ返して。……いや。やっぱいい。あんたの触れたものなんて食べられない。おぞましくて」

「あはは。ずいぶんな言いようだね。僕ほど爽《さわ》やかで清潔感ある好青年はそういないよ」

「爽やかで、清潔感ある、好青年」

世良の言葉を復唱すると、はっ、と西園は嘲笑《ちょうしょう》した。

「よくそんな綺麗事《きれいごと》がぺらぺら出てくるね。女たぶらかしまくってるくせに」

「傷つくね。僕は真っ当にお付き合いしてるつもりなんだけどな」

などと弁解しながらも世良《せら》は余裕綽々《しゃくしゃく》の表情で、横取りしたサンドイッチを囓《かじ》った。

世良の女性関係については、西園《にしぞの》も耳にしているようだ。前に星原《ほしはら》から聞いたのだろうか。

「三股《さんまた》も四股もしてるヤツが真っ当なんて口にすんな」

「どうして？　みんな幸せならそれでよくない？」

「どうせ何股もしてることは黙ってんでしょ？　そんなの誠実じゃない」

「はは、誠実ねぇ。誰かさんにも似たようなこと言われたな」

そう言いながら、世良は首を捻《ひね》ってこちらを見た。俺は慌てて目を逸《そ》らす。あいつ……よく覚えてるな。

世良は首を戻し、再び西園のほうを向く。

「一つ否定しておくよ。僕の複数交際については、今付き合ってる女の子にちゃんと説明している。そのうえで、お付き合いさせていただいてるんだ。これを誠実と言わずして他に何と言うのかな？」

それは初耳だった。

世良が自分の女性関係を交際相手に知らせていないのは、俺も糾弾《きゅうだん》したことがある。たしか当時は「まだしてない」と言っていたが……まさか本当にする気があったとは。

いや、でも世良のことだし嘘《うそ》かもしれない。西園ならきっとそう思う。

だが。

「へえ、そうなんだ」

意外にもすんなり飲み込んだ。

珍しく世良が驚いたように目を見開く。

「あれ？　信じるんだ」

「何、嘘なわけ？」

「いや、嘘じゃないけど。てっきり嘘つけとか証拠を出せとか言われると思って」

あれれ？　と世良が首を傾げる。

「もしかして、アリサちゃんって僕が思ってるより素直な子だったりするのかな？」

「ムカつく言い方しないで。別に疑う理由がないだけ」

「ほーん、それはそれは……」

また一口、サンドイッチを囓る。いまいち腑《ふ》に落ちていない様子だ。黙ったら死ぬのかと言いたくなるほど饒舌《じょうぜつ》なあの世良が、言葉を選んでいる。

西園は退屈そうに牛乳を飲んで、パックを机に置いた。

「まぁ、ようするに」

世良を見て、ふっと鼻で笑う。

「あんたが付き合ってるヤツらも、あんたと同じクズってことでしょ？」

世良《せら》の口角が、わずかに下がった。

西園《にしぞの》は椅子《いす》の背にもたれ、世良を見下すように軽く顎《あご》を上げる。

「自分の彼氏に、すでに他の女がいるとかさ。普通の感性してたら、そんなの認めるわけないじゃん。男女の独占欲が、上手《うま》いこと噛《か》み合ってそれをお互いが認めてる状態を、付き合ってるっていうんじゃないの。じゃないとヤキモチなんて言葉は生まれないよね。冷めてるなら別だろうけど」

西園は止まらない。

「どうせあんたが付き合ってる女って、遊びまくってるヤツか、何も選ぶ余地がないほどあんたに依存してる負け犬か、そのどっちかでしょ。ま、どうでもいいんだけどさ。引き続きクズ同士でサイクル回して、どうかあんたたちだけで完結してね」

教室の喧噪《けんそう》は、確実にさっきよりも小さくなっている。西園の気迫に飲まれているのだ。あの小柄な身の丈に、一体どれだけの憎悪を蓄えているのだろう。まるで鉛でも飲んだみたいに、西園の恨み言が重く胃に残る。そんな言葉の数々を正面からぶつけられた世良は、何を思うのだろうか。俺同様、周りのクラスメイトたちも、世良の出方を窺《うかが》っていた。

数秒の沈黙が続いたあと。

「う〜〜ん」

世良は大きく唸《うな》った。

「ちょっと理想論な気もするけど、なかなか面白い恋愛観をしているね」

でも、と言って続ける。

「アリサちゃんの考え方は幼いよ」

「あ？」

「たしかに独占欲は、恋愛において重要なファクターだろうね。アリサちゃんの言うとおり、ヤキモチは独占欲があるからこそ生まれる感情だ。でも君は大事なものを見落としてるよ」

「……何よ」

「人間は欲を克服できる」

そう言って、世良はサンドイッチをたいらげた。パンくずを払うように、軽く手をパンパンと払う。

西園は忌々《いまいま》しそうに顔を歪《ゆが》めた。

「煩悩の塊みたいなあんたがよく言う」

「まぁ考えてみなよ。たとえばダイエットなんかは欲求との戦いであって、実際に勝利を収めた人が何人もいる。理想の自分になるためなら、人は食欲を我慢できるんだよ。恋愛もそれと同じさ。僕と彼女たちは独占欲を克服したんだ」

「うさんくさいな。仮にあんたの言うことが本当だとしても、そんなの一時的なもんでしょ。それにダイエットは一人の問題だけど、あんたのそれは違う。一人でも不満を覚えたら一瞬で破綻《はたん》する」

「たられればの話をされても困るね。それがアリならなんとでも言えてしまう。事実をもとに話してほしいな」

「何が事実だ。あんたがそう思い込んでるだけしょ」

はぁ、と世良《せら》はため息をつく。

「ああ言えばこう言う。何も信じてもらえないんじゃ話にならないよ。気の強い女の子は好きだけど、頭ごなしに否定するのは勘弁してほしいな」

「それはあんたが」

「そんなんだからさ」

西園《にしぞの》の言葉を遮《さえぎ》るように言って、世良は冷やかに笑う。

「みんなに嫌われちゃうんじゃない？」

ぴしり、と亀裂《きれつ》が走るような音が聞こえた。きっと俺だけじゃない。西園のプライドにヒビが入った音を、間違いなく、教室にいる全員が聞いた。

「じゃ。ごちそうさま。サンドイッチありがとね」

「待って」

何事もなかったように立ち上がろうとする世良を、西園が引き止めた。

世良の一言で激怒してもおかしくないと思ったが、落ち着いている――ように見えるだけだろう。あの暴君が、怒らないはずがない。

「サンドイッチだけじゃ、喉《のど》、渇くでしょ。牛乳もあげる」

「あー……遠慮しとくよ」

「いいから」

西園は牛乳を持って立ち上がると、世良の隣に移動した。

瞬間、俺は確信する。西園が何をするつもりなのかを。

とぽとぽとぽとぽ――

うわ、と誰かが声を上げる。

俺の予想は的中した。西園は、世良の頭に牛乳を注ぎ始めた。

教室全体にざわめきが走る。西園は植物に水をやるように平然と、パックが空になるまで牛乳を浴びせた。そのあいだ、世良は微動だにしなかった。それこそ観葉植物のように、大人しくしていた。

「ごめん。手が滑った」

ほんの一ミリも誠意がこもっていない謝罪だった。

西園は自分の席に戻ると、どこか楽しげに言う。

「でも、似合ってるよ。あんたが大好きな汐《うしお》と似たような髪色になったしね」

世良《せら》の髪は白く染まり、ブレザーの端からぽたぽたと牛乳が垂れている。ここまで牛乳の匂《にお》いが漂ってきそうだった。

世良は椅子《いす》に座ったまま、ゆっくりとズボンのポケットからハンカチを取り出した。それで顔を拭《ぬぐ》い、前髪をかき上げる。額《ひたい》から垂れてきた一筋の牛乳を舌ですくうと、くくっと笑った。

「アリサちゃん」

穏やかに名前を呼ぶ。

「面白いね、君」

「牛乳くさいから早くどっか行ってほしいんだけど」

はいはい、と返事をすると、世良は牛乳まみれのまま立ち上がった。不快感を少しも感じさせない爽《さわ》やかな調子で教室を去る。世良が通ったところには、白い足跡ができていた。

教室は次第に喧噪《けんそう》を取り戻していったものの、動揺はしばらく尾を引いた。


「やばすぎだろ」

その日の帰り道。俺は自転車を押しながら、同じようにして歩く汐と星原《ほしはら》に、昼休みの感想を伝えた。

スリリングな一幕だった。思い出すだけで戦々恐々とする。西園《にしぞの》の度胸もすさまじいが、世良も世良で何を考えているのか分からなくて怖い。

「ねー、どうなっちゃうんだろ……」

西日に照らされた星原の横顔は、不安げだった。

夕方と呼ぶにはまだ早い時間だが、すでに西の空から夜闇《よやみ》が迫ってきていた。なじみの下校ルートであるこの田んぼ道にはほとんど街灯がないので、これからあっという間に暗くなる。かといって急ぐこともなく、むしろ夏より過ごしやすい気温なので、のんびり歩いていた。

「世良って結構ねちっこいとこあるからな……また西園にちょっかいかけてきそう」

「そうなったらヤだなぁ。見てるだけでもヒヤヒヤするのに」

世良のうざったらしさは身をもって経験している。冷たくあしらう程度で簡単に手を引くようなヤツではない。西園も超がつくほど強情だし、今日みたいなことがまた起こる可能性は十分ある。

「平和的に解決してくれりゃいいけど……」

言いながら、俺はちらりと汐を見る。昼休みの話題が始まってからやけに静かなので、少し様子が気になっていた。

「汐は、どう思う？」

話を振ってみる。

汐は前を見つめたまま、退屈そうに口を開いた。

「勝手にやってればいいよ」

ずいぶんと突き放した言い方で、俺はちょっと面食らう。

らしくないなと一瞬思ったが、まぁこれが普通の反応か。あの二人……特に西園《にしぞの》に対して、汐《うしお》は決していい感情を抱いていない。迂闊《うかつ》に話題を振った俺がよくなかった。

「そ、そういや汐ちゃんは今夜も走る予定？」

剣呑《けんのん》な気配を察知したのか、星原《ほしはら》が話題を変えた。クラスで人気者なだけあって空気を読むのには長《た》けている。純粋に見習いたいところだ。

「うん。競走の日まで練習は続けるよ。雨が降ってもね」

「そっか、大変だね……」

「別に、そうでもないよ。部活を辞めたあともランニングは続けてたからさ。走る量が増えただけ」

話を聞くに、能井《のい》との対戦に向けて走り込みを始めたらしい。熱心なことだ。

「何か手伝えることないか？」

俺が訊《たず》ねると、汐はうーんと思案する。

「気持ちはありがたいけど、特にはないかな」

「そうか……」

ちょっと寂しい。まぁ一緒に練習したところで足を引っ張るだけだろうから、仕方ないか。

「もし困ったことがあったら言ってくれよ。できるかぎりのことはするからさ」

「ありがとう。そうさせてもらうよ」

「私も！　自転車で追いかけながらメガホン持って応援する役とかやるからね」

「う、うん。必要になったら頼むよ」

優しく微笑《ほほえ》む汐。

穂刈を終えた田んぼに、俺たち三人の影が色濃く伸びていた。

＊

春眠暁を覚えず、という言葉があるが、秋に対しても同じことがいえると思う。どころか、エアコンに頼るほどでもない秋特有の肌寒さは、布団の居心地のよさを増幅させ、起床をより困難にさせる。

だから寝坊した。

「う～、やば……」

立ちこぎで学校を目指す。ひんやりした朝の空気が、指先から浸透していく。でも必死にペダルを踏み込んでいるうちに身体《からだ》が温まってきて、学校に着く頃《ころ》には、ほんのり汗ばむくらいになっていた。

思ったよりも早く登校できた。焦りすぎたみたいだ。微妙に損した気持ちで昇降口に入ると、綺麗《きれい》な銀色が目に入った。

「よ、汐《うしお》」

すのこの上で靴を履き替えていた汐は、こちらを振り返る。

「あ、おはよう咲馬《さくま》」

俺も上履きに履き替え、二人で2—Aの教室に向かった。

HRが始まるまであと五分ちょいある。ゆっくり歩いても十分間に合う時間だ。友達と親しく会話をしながら歩く生徒たちの流れに乗って、俺たちも廊下を進む。

ふわあ、と汐があくびをした。

「眠そうだな」

「ん。ちょっとね。早起きだったから」

「へえ。何時に起きてんの？」

「五時くらい」

「マジ？」

それはびっくりだ。俺が最後にそれほど早起きしたのはいつだったたか。

「すごいな。俺はいっつも七時だよ。今日はちょっと寝坊したけど。夏休みのあいだなんかは、むしろ朝五時に寝始めることが多かったたな」

「それは夜更かししすぎ。身体《からだ》に悪いよ」

「だらだら携帯とかパソコンとかいじってるときって、なんであんなに時間が早く進むんだろうな。相対性理論？」

「絶対に違うよ」

ふふ、と汐は笑う。

「で、なんでそんな早起きなんだ？　テストはまだ先だし……あ、もしかして走ってたとか？」

「まぁね」

本当にそのとおりだとは思わず、少し驚いた。

朝五時。昨日の話しぶりからして、汐は夜も走っている。どれほどの練習量なのかは分からないが、相当ハードだ。ひょっとすると陸上部にいたときよりも走っている時間は長いんじゃないだろうか。

「走るのは好きだからいいんだけど、早起きは結構しんどいね。元々低血圧気味だから、陸上部だったときの朝練も起きるのが大変だった」

「はえー……努力家だな、汐は」

階段に差し掛かる。

並んで上りながら、俺は続けた。

「朝だけでも大変なのに、夜も走ってるんだろ？　俺には到底無理だ。ほんとにすごいよ」

「何、急に褒めてくるね……？」

どうしたの、と言いたげに汐《うしお》がこっちを見てくる。

「いや、正直に思ったことを言っただけだよ。まぁ心配も少しはあるけど、今は素直に応援したほうがいいと思って」

階段を上り終え、二階の廊下を進む。

汐は学生鞄《かばん》を肩にかけ直して、俺を一瞥した。

「なんか、咲馬《さくま》がはっきり言ってくると調子狂うな。もっと優柔不断で常にうじうじしてるイメージだったから」

「それ、だいぶ悪口だぞ……嫌《いや》ならもうちょい黙るけど」

「別に、嫌じゃないよ。嫌ではない……」

煮え切らない表情で汐は言う。

蓮見《はすみ》にも言われたが、やっぱりバカっぽく見えるのだろうか。でも俺としてはこのスタンスのほうが楽だし、汐も嫌ではないと言っている。なら考える必要はない。このままでいこう。

二年A組の教室に入る。

汐と分かれて自分の席に向かうと、世良《せら》の姿が見えた。あいつがA組に入り浸るのはいつものことだが、毎回「うげえ」となってしまう。しかも昨日の今日だ。西園《にしぞの》にちょっかいをかけて、また一触即発みたいな空気になっていないだろうか。

自分の席に向かいながらさりげなく様子を窺《うかが》うと、今は女子と話していた。相手は……。

「それでさー、マリンちゃんはどう思う？」

「えー、私？　うーん、どうだろ」

真島《ましま》か。

その隣には椎名《しいな》もいる。世良と真島が話しているところを見るのは初めてだ。

あまり会話は弾《はず》んでいないように見えるが、もし話すのが初めてならあんなもんだろう。特におかしなところはない。なのに「うげえ」とは別の、ちょっと嫌なものを感じた。

俺は学生鞄を下ろし、自分の席に座る。鞄の中の教科書を机に移しながら、世良たちを観察した。

——やっぱり、あれって。

疑惑が膨らんでいくなか、チャイムが鳴る。世良は仕事を果たしたように、軽やかな足取りで教室から出て行った。


その後も休み時間になると、世良はA組を訪れた。

適当なクラスメイトと駄弁《だべ》って、五分ほど経《た》ったら帰っていく。ただそれだけだ。毎回話しかける相手はばらばらで、特に目的があるようには見えなかった。西園にはちょっかいをかけるどころか、近づいてすらいない。

傍《はた》から見るかぎりでは、単なる暇つぶし。

だけど途中で気づいた。

おそらく世良《せら》は、話し相手をちゃんと選んでいる。

「紙木《かみき》」

昼休みになると、蓮見《はすみ》が弁当を持って俺の席にやってきた。

「ん、ああ」

急いで机の上を片付けようとしたら、「別にいいよ」と言われた。いいよって何がだ。

「飯食いに来たんだろ?」

「いや。卓球部の打ち合わせがあってさ。食べながら話すことになったから、今日は一人で食べてって伝えに来たんだ」

「ああ、そうか……」

しゅんとなる。いや、別に蓮見と弁当を食べるのが楽しみとかそういうわけではまったくないのだが……って。

「なんで一人で食べることになってんだよ。お前以外に友達いないみたいな言い方するな」

「ん、そうだった。じゃあ行く」

至極どうでもよさそうに言うと、蓮見は教室から出て行った。わりと腹立つ態度だが、一応は伝えに来てくれたので、責めるのはやめておく。憎めないヤツだ。

せっかくだし今日は汐《うしお》たちと一緒に食事を取ろう。そう思いながら、鞄《かばん》に手を突っ込んだ。

「あれ……」

鞄を机の上に乗せ、中を漁《あさ》る。だが弁当箱はどこにもなかった。

しまった……家に忘れたみたいだ。寝坊して焦っていたからだろう。購買でパンでも買ってきてもいいが、すでに混んでそうだ。久しぶりに食堂で食べるか。

俺は財布を持って、教室を出た。

カウンターでトレイに載った天ぷらうどんを受け取り、空いている席を探す。

混んでそうだから購買で買うのをやめたのだが、食堂も盛況だった。空席はあるにはあるが、誰かの隣に座ることは避けられない混み具合だ。

顔見知りのクラスメイトよりも『お一人様』の隣がいい。そのほうが変に気を使わなくて済む。これだけ混んでいるのだから、どこかにいるだろう。

トレイを持ったまま立ち止まって辺りを見渡していたら、

「お、紙木じゃーん」

名前を呼ばれた。声のしたほうを見ると、奥のテーブルに何やら活発そうな雰囲気の女子が座っていた。真島《ましま》だ。向かいの席には椎名《しいな》もいる。

「あ、ああ」

戸惑いながら返事をすると、ちょいちょいと手招きされた。俺はそちらに向かう。

二人のそばで立ち止まる。真島《ましま》はカレーを、椎名《しいな》はあじフライ定食を頼んでいた。

「座るとこ探してんでしょ？　ここ座っていいよ。一〇分三〇〇円で」

「高っ。金取るなら別にいいよ……」

「冗談冗談。座りなよ」

そう言って隣の椅子《いす》を引いた。

断る理由もないので、お言葉に甘える。椅子に座り、トレイをテーブルに置いた。

真島に茶化されるのは、そこまで悪い気分じゃない。嫌味《いやみ》がないし、単純に話しかけられるのは嬉《うれ》しい。それでも妙に緊張してしまうのは、大体真島の横に椎名がいるからだ。真島が俺をいじるたび、どこか警戒した目つきでこちらを見てくる。今もそうだ。その視線が俺は苦手だった。

「紙木《かみき》くん」

なんてことを考えていると、椎名に呼ばれた。規律に厳格な教師みたいな呼び方で、俺はつい「あ、はい」と敬語が出る。

「いつも教室で蓮見《はすみ》くんと食べてなかった？　どうして今日は一人で食堂に？」

「あー、蓮見は用事があって……あと、弁当忘れたから」

「ふうん、そうなの」

「うん……」

話が途切れる。真剣な声音《こわね》だったからつい身構えたが、思ったより普通の話題だった。

「紙木ィ、もっと話を広げなよ」

「いや、そんなこと言われても……」

「せっかくシーナが歩み寄ってくれてんだからさ〜。これだからぼっちは」

ひどい言われようだった。

「ちょっとマリン、歩み寄りとか全然そんなんじゃないんだけど。勝手に決めないで」

「あ、そうなの？　残念だったね、紙木」

こ、こいつ……。嫌味がない、は撤回する。普通にあった。

無駄話もほどほどに、俺はうどんに手をつける。そのあいだも真島と椎名は、ゆっくり食事を取りながら会話を続けていた。

楽しそうに喋《しゃべ》り続ける真島に、椎名が淡々と受け答えする。気まずさを微塵《みじん》も感じさせない、打ち解けた関係。以前はここに西園《にしぞの》が加わっていたことが、ちょっと信じられない。

真島も椎名も、元は西園グループの一員だった。だがここ最近は、二人が西園と一緒にいるところを見ていない。もう西園に愛想を尽かしたのだろうか。

この二人は、俺のテスト勉強に協力してくれるくらいには善良だ。正直、俺としてはもう西園とはつるまないほうがいいと思っている。

かちゃ、と俺は箸を置く。

黙々と麺《めん》を啜《すす》っていたせいで、二人より先に食べ終わってしまった。邪魔しても悪いのでさっさと教室に帰ろう――と思った矢先に、一つ、たしかめたいことを思い出した。

会話の合間を狙《ねら》って、俺は二人に話しかける。

「そういや今朝、二人は世良《せら》と話してたよな」

「あー、あれね。突然だからびっくりした」

真島《ましま》が反応する。

俺はテーブルに少しだけ身を乗り出し、声のトーンを抑えて訊《き》いた。

「あれ、西園《にしぞの》に対する当てつけだと思うか？」

「それ以外ないっしょ。メンツも大体アリサと仲よかった子たちだし。いい性格してるよ～、あいつ」

うへえ、と顔をしかめる真島。

やっぱり真島は気づいていたようだ。俺の勘違いではない。

「当てつけってなんの話？」

あじフライをつまんでいた椎名《しいな》が、ちゃんと説明しろと言わんばかりに交じってきた。それに真島が答える。

「シーナはさ。仲のいい友達が、自分の嫌いな人と仲よくしてたらどう思う？」

「どうって……その人の勝手だと思うけど」

「じゃあ私が明日から世良と昼ご飯食べるようになったら？」

「え！」

椎名は心底驚いたような顔をすると、ぽろりと手から箸を落とした。そして難しい顔をして考え込む。

……五秒くらい経《た》っても考えている。たとえ話に悩みすぎだろ、と突っ込みたくなってきたところで、重々しく口を開いた。

「まあ、マリンがいいって言うなら……無理に引き止めはしないけど……」

「真面目《まじめ》か！」

スパン！ と椎名の肩を引っぱたく真島。痛い！ と椎名が悲鳴を上げる。

「そりゃ誰が誰と仲よくしようが自由だけど、気持ち的には嫌《いや》でしょ？ つまり世良はさ、アリサに嫌われてることを自覚しながら、私たちと仲よくしているのを見せつけてるってわけ。だから、当てつけ」

「な、なるほど……」

やっと理解したようだ。

人によってはしょぼいと思われそうな嫌がらせだが、実際にやられると結構キツいものがある。

故意かどうかはともかく、誰だって似たような経験はあるだろう。俺も中学のときに味わった。好きな人が自分の嫌いな人と仲よくしているのを見ると、どうしても、モヤる。理屈ではない。完全に気持ちの問題だ。

世良《せら》の場合、意図的にやっているから、たちが悪い。もし西園《にしぞの》がキレて「やめろ」と言っても、世良は簡単に言い逃れできる。どころか追撃のチャンスだ。「それは君の被害妄想だよ」とかなんとか言えば、効果的に西園をムカつかせることができるだろう。

さらに、西園を心理的に孤立させる意味もある。西園の怒りは、世良だけでなく、世良と話した友達にも向けられるかもしれない。そうなれば周囲との溝が深まるばかりか、西園は自ら〝敵〟を増やしていくことになる。

考えれば考えるほど陰湿なやり方だった。

「まぁ、西園がノーダメージならなんの問題もないんだけどな」

「いや〜相当キテると思うよ。アリサああいうのめちゃくちゃ気にするから」

「紙木《かみき》くん、どうにかできない？」

椎名《しいな》に助けを求められたが、俺は首を横に振るしかない。

「無理だ。俺には手に負えない」

「役立た……まぁ仕方ないか」

「いま役立たずって言おうとしただろ……」

なんで俺に対してこんなに辛辣《しんらつ》なんだろうか。

椎名《しいな》はあじフライ定食を完食すると、上品に「ごちそうさま」と言った。一方で真島《ましま》はまだカレーを食べている。口数が多い分、食べるのが遅い。

ふと周りを見ると、混み合っていた食堂はだいぶ空いていた。食事を続けているのは、真島を含めて数人しかいない。他の人はただ食堂に居座って会話に花を咲かせている。

椎名はテーブルに頬杖《ほおづえ》をついて、真島が食べ終わるのを待った。

「まぁ、アリサなら大丈夫でしょう。彼女の負けず嫌いは異常だから」

それはむしろ心配すべき点では、というか、その負けず嫌いがいろいろ問題を生んでんじゃねえの、とは言わないでおいた。

「……椎名は西園《にしぞの》の肩を持つんだな」

と言うと、椎名がむっと眉《まゆ》を寄せた。

「どういう意味？」

「あ、いや、他意はないんだ。椎名って優等生みたいなタイプだから、西園とは相性が悪い気がして……なんならいがみ合っててもおかしくない関係に思えるんだよな」

「ああ……それはそうね」

椎名は手持ち無沙汰《ぶさた》に、コップの水を少し飲んだ。

「逆らえないの、アリサには」

「え、弱みを握られてるとか……？」

「違う。義理みたいなもの」

「義理？」

「アリサとは同じ小学校だったの。小学生のときは一度も話したことがなくて、名前を知ってるくらいだった。でも中学に入ってから、よく話すようになってね」

「わらひもそうらよ～」

カレーを口いっぱいに頬張《ほおば》りながら真島が言う。

真島と椎名が幼馴染《おさななじみ》なのは知っていたが、西園との付き合いもそれなりに長いらしい。

「中学二年の頃《ころ》、私たち三人とも同じクラスだったんだけど、そのクラスに乱暴な男の子がいてね。ナイフで人を刺したことがあるとか怖い噂《うわさ》があって、誰も逆らえなかった」

「あ、読めたぞ。西園がそいつをボコボコにしたんだな」

「え、なんで分かったの？」

「え、マジなの？」

適当に言ったら当たってしまった。

「どういう経緯でそうなったんだよ……」

「……私、その乱暴な子につきまとわれてたの。困ってた時期に、アリサと掃除当番が重なってね。二人で掃除してたら、彼がやってきて『掃除なんかサボって一緒に帰ろう』って言い出して」

「あー……」

「断ったんだけど、しつこくて……そしたら、アリサが彼のことを追い返そうとしてくれたの。でも話が通じる相手でもないから、喧嘩《けんか》になってね。あれは本当にすさまじかった……先生が使う大きな三角定規あるでしょ？　あれをね、彼の顔めがけてフルスイングしたの。あんなことができるのは、中学でアリサだけだった」

こいつらの通ってた中学、治安が悪すぎる。

でもまぁ、ただでさえ中学生というのは、高校生ほど大人ではなく、小学生よりも狡猾《こうかつ》な、残酷な年頃だ。そのうえ地元に住んでいる同い年というだけで一箇所に集められ、共同作業を強《し》いられる。環境的には、高校よりもずっと荒れやすい。西園《にしぞの》の喧嘩センスみたいなものは、その頃《ころ》に磨かれたのかもしれない。

「それ以来、付きまとってきた男の子は私に近づくことすらなくなった。代わりにアリサとはよく話すようになった……というわけ」

「なるほど」

なれ初めというか、武勇伝みたいなエピソードだった。いまだに椎名《しいな》が西園に気を使っているのはそれが理由が。

でも、でもなぁ……。

心にしこりが残る。それだけ慕っているなら、西園の差別的な考え方を椎名はちゃんと否定してやるべきだ。友達が妄執に囚《とら》われていたら、そこに手を差し伸べるのが友達なんじゃないのか。

言いたいことはいろいろあった。だがどうにも説教くさくて、口にするのはためらわれる。

俺のモヤモヤを感じ取ったのか、椎名は後ろめたそうに目を伏せた。

「……前にも言ったけど、アリサの行動をすべて肯定するわけじゃない。中には許されないこともある。それでも、ほっとけないの」

椎名の言葉を、そのまますぐには飲み込めない。ほっとけないのは分かるが、それとこれとは別というか……うーん……。

「まぁ、それも気持ちの問題か……」

追及するのはやめた。口論する気はないし、椎名にこれ以上嫌われたくない。

「……ん？　でもほっとけないって言いながら、昼飯は西園と別なんだな」

「そうね。最近のアリサ、話しかけるなオーラがすごいから」

「今は誰に対してもあんな感じなんだな……」

「ごちそうさま～」

俺と椎名のあいだを、真島《ましま》の間の抜けた声が横切った。やっとカレーを食べ終えたようだ。

「あ～、お腹いっぱい。大盛りってこんなに多いんだね……なっきーがぺろっと食べてたから油断したよ」

近くに置いてある紙ナプキンで口周りを拭《ぬぐ》うと、真島《ましま》は俺と椎名《しいな》を交互に見た。

「真面目《まじめ》な話は終わった？」

「ええ」

「まぁな」

俺と椎名は同時に答えた。

「お、ちょっと打ち解けてきた？　いいね～仲よきことは美しきかな」

真島はうんうんと頷《うなず》くと、「でも紙木《かみき》」と釘を刺すように言った。

「シーナは私んだから取っちゃダメだからねぇ」

「いや、取らないから……」

何を言ってるんだこいつは……。

俺は呆《あき》れてしまったが、椎名はまんざらでもなさそうな顔をしている。

美しきかなはお前らの関係だよ、とアホみたいな突っ込みをするところだった。

＊

携帯のアラームで目が覚めた。

横になったまま携帯を手に取り、アラームを止める。時刻は朝五時。汐《うしお》も、同じ時間に起きているはずだ。カーテンの隙間《すきま》からは、目を凝らさないと分からないほど弱い光が漏《も》れていた。

気を抜くと眠気に負けそうになるので、ひと思いに起き上がる。寝間着からジャージに着替え、一階に下りた。

「ねんむ……」

瞼《まぶた》が重い。久しぶりの早起きは身に堪《こた》える。

洗面所で顔を洗っていると、階段を下りてくる足音が聞こえた。足音は俺の背後で止まる。

「何……出かけんの……？」

洗面所の鏡越しに、妹の彩花《あやか》が見えた。顔にまるで覇気《はき》がなく、髪はぼさぼさだ。いつもは俺より早起きなので、寝起きの彩花を見るのは新鮮だった。

「ああ、ちょっと用事があって」

「用事……？　あー……ゴミ拾い……」

「いや、ゴミ拾いではないな……」

「……ラジオ体操か……」

かなり寝ぼけているようだ。当然、ラジオ体操でもない。

彩花はふらふらと歩きだし、また階段を上っていった。何しに来たんだ、あいつ。と思ったら、また階段を下りてきた。

「……おしっこ……」

そう呟《つぶや》いて、トイレに入っていった。

彩花《あやか》の珍しい姿を見られたおかげか、目が覚めてきた。俺は歯磨きを済ませ、手ぶらで外に出る。

「う、寒っ……」

空気の冷たさが肌を刺した。

はあー、と腹の奥から絞り出した息が、白く染まる。風を通しにくいナイロンのジャージを選んだが、もう少し着込んでもよかったかもしれない。引き返すのも面倒なので、俺は庭に停めてある自転車に跨《また》がり、漕《こ》ぎだした。

これほど早い時間に出かけるのはいつ以来だろう。

夜明けは近いが、澄み切った空は薄暗い。東の彼方《かなた》には、夜空と朝焼けのグラデーションができていた。

静かだ。秋の虫も寝静まり、新聞配達員が走らせるバイクの音くらいしか聞こえない。

一〇分ほど自転車を漕いだところで、俺は足を止めた。サドルに跨がったまま、目的の家の前で人を待つ。

しばらくすると、がちゃ、と家の玄関扉が開いた。ジャージ姿の汐《うしお》が出てきた。

俺はペダルを踏み込み、その場でウォームアップを始めた汐に近づく。

「おはよう、汐」

ブレーキをかけると同時に挨拶《あいさつ》すると、汐はこちらを振り向いた。

「ん……？　ああ、咲馬《さくま》か……」

見るからに眠そうだった。目は半分閉じかけているし、なんだか声がふにゃふにゃしている。

「朝も走ってるって聞いたから、来ちゃった」

「へえ……」

事前に何も伝えず来たので驚かれるかと思っていたが、あっさりした反応だった。

冷静だなぁと感心していたら、眠気でとろんとした汐の目が、突然、我に返ったように見開かれた。

「え、咲馬!?　なんでいんの!?」

遅！　単に寝ぼけていただけみたいだ。

「さっき言ったけど……朝も走ってるって聞いたから来たんだ。早起きするの辛《つら》そうだから、誰かいたほうが目が覚めるかなーって」

「な、何か一言くらい連絡入れてくれたらいいのに」

「サプライズ的な感じのほうが効果ありそうだったからさ」

「そりゃ……目は覚めたけど……」

汐は困惑している。これはひょっとして逆効果だったのでは……という気がしてきた。とはいえここで帰る選択肢はない。

「邪魔しないから、見学だけでもさせてくれよ」

「それはもちろん、構わないけど……いや、うん。いていいよ。誰かがいたほうが、気が引き締まる」

「じゃあ、後ろから見とくよ」

汐《うしお》は頷《うなず》いて、ウォームアップを再開した。

一〇分ほどかけてじっくり身体《からだ》をほぐしたあと、「追いかけてきて」と言って走りだす。俺は言われたとおり、汐の後ろを走った。

さらさらと揺れるホワイトブロンドの髪を追いかけながら、ゆっくりとペダルを漕《こ》ぐ。川沿いの道に出た頃《ころ》合いで、日の出を迎えた。

オレンジ色のまっすぐな光が、横っ面を叩《たた》くように差し込んでくる。じわりと肌が熱を帯び、身体がポカポカしてきた。気持ちがいい。たまには早起きも悪くないな、と思った。

汐が走るペースを落として、俺の隣に並んでくる。

「うちの顧問が言ってたんだけど、喋《しゃべ》りながら走ったほうが、体力がつきやすいらしい」

「へえ。疲れやすいから?」

「それもある。けど、話してるほうがしんどさを意識しにくいんだって」

「なるほど。じゃあなんか話すか」

とは言ったものの、なかなか話題が見つからない。まだ少し頭に眠気が残っている。

俺が言いあぐねていると、汐のほうから「彩花《あやか》ちゃんは元気？」と話を振ってきてくれた。

「ああ、元気だよ。夏休みのときから変わりない。今朝もちょっと話した」

「こんな早くから？　早起きなんだね」

「いや、トイレのときにすれ違っただけだ。彩花、完全に寝ぼけててさ。俺が出かけるの見て、ラジオ体操か、って言ってきたんだよ」

「はは、可愛《かわい》いね」

「いつもあれくらい愛嬌《あいきょう》があればいいんだけどな。目が覚めてるときは俺に暴言しか吐かないから困る。あ、でも汐が来たときは素直になるんだよ。あれで結構、シャイだから」

「へえ、また会いたいな」

「いつでも家に来てくれよ。汐なら彩花も喜ぶ」

「じゃあ、今度お邪魔しようかな……」

「ああ、ぜひ」

ぱしゃん、とそばの川で魚が跳《は》ねた。

今日の波は穏やかだった。川面は朝日を反射して、砕いたガラスをちりばめたように輝いている。綺麗《きれい》だ。だからこそ、河川敷に不法投棄された大量の粗大ゴミが目につく。すでに誰かが役所なりに通報しているはずなのだが、ずっと前からそこにある。

たまに思ってしまう。

俺たちの住む椿岡《つばきおか》というこの町は、たぶん、多くのものから見放されている。

通学路にある道路の陥没は一向に直らないし、地元の商店街はイオンモールに客を吸われて今では廃墟《はいきょ》同然だ。若い人間がどんどん減っているせいで、消防団や地元の祭りの運営に全然人が集まらないと、親から聞いたことがある。

そして俺も、いずれは椿岡を出る。

生まれ育った故郷ではあるが、この町にはなんの愛着もない。もし誰かに「見放すのか」と責められても、俺はなんの罪悪感を覚えることもなく出て行くだろう。

汐《うしお》は、どうなんだろう?

そういえば、今まで進路の話をしたことがなかった。

汐の選択科目を考えれば、進学することは間違いない。でも、どこの大学に行くのかは聞いてなかった。

「汐は高校卒業したらどうすんの?」

はっ、はっ、と規則正しく続いていた汐の呼吸が、一瞬止まった。

汐は唾液《だえき》を飲み込んで、本来のリズムを取り戻す。

「東京の、大学に行くつもり」

「あ、そうなのか。じゃあ俺と同じだな」

正直、安心した。

大学が違っても同じ都内なら、離ればなれになることはないはずだ。連絡を取れば気軽に会うことができる、という事実は、実際に会うかどうかは別として、心強い。

「昔からよく東京行きたいって、咲馬《さくま》、言ってたもんね」

「言ってたっけ？」

「言ってたよ」

俺は記憶を掘り起こす。

……言ってたっけ？　小学生くらいのときに「引っ越すなら東京だよな」みたいなことは言った記憶はあるが。

まぁ、たぶん忘れてるだけで、何度か口にしていたのだろう。東京への憧《あこが》れは、昔からある。

「でも俺、東京ってディズニーランドしか行ったことないんだよな」

「ディズニーランドは千葉だよ」

「え？　東京ディズニーランドだぞ」

「東京ってついてるけど、所在は千葉県なんだよ」

「嘘《うそ》だろ？」

「東京ディズニーランドが千葉にあるのは、わりと有名なネタだよ」

「マジかよ。完全に東京行った気になってたわ……」

恥かいちゃったぜ。

その後も俺たちは、川沿いを進みながらだらだらと雑談を続けた。汐《うしお》の口数は徐々に減っていったが、走るペースは常に一定だった。さすがだ。

ランニングを始めてから四〇分ほど経《た》つと、汐は走りから歩きに変えた。クールダウンに入ったようだ。俺も自転車から降りて、ハンドルを押して歩く。淡い太陽の光が、優しく背中を押す。

汐はジャージの肩の部分で、こめかみを伝う汗を拭《ぬぐ》った。

「結構いいペースで走れた気がする」

「それはよかった」

「やっぱ人がいるといいね。時間が経つの、早く感じた」

おずおずと、汐は俺のほうを見た。

「もしよかったら、また来てくれない？　もちろん、毎日じゃなくていいからさ」

「いいよ。ていうか毎日行くよ」

「いや、悪いよ。早起きするの大変でしょ？」

「まぁ起きるのはちょっとキツいけど、朝に身体《からだ》動かすの、思ったより気分がよくてさ。空気は澄んでるし、周りは静かだし、太陽もなんかポカポカしてるし。だから、付き合うよ」

汐はぱちりと目を瞬《しばたた》くと、くすぐったそうに顔を伏せた。

「……ありがとう」

いいよ、と俺は返す。

それから通りがかった公園で軽くストレッチをして、汐の家の前まで戻ってきた。

「じゃあ、また学校でな」

「うん、またね」

挨拶《あいさつ》を交わして、俺は自転車に跨《また》がった。

夜の暗がりが残っていた空には、刷毛《はけ》でまんべんなく塗ったような青が広がっていた。

＊

あくびを噛《か》み殺しながら、俺は２―Ａの教室に向かう。

汐のランニングに付き合って完全に目が覚めたと思ったが、時間の経過とともに眠気が染み出してきた。授業中に寝てしまいそうだ。ちょっと早めに登校したので、朝のＨＲが始まるまで一〇分ほど時間がある。そのあいだ、少しでも睡眠を取っておこう。

うつらうつらしながら廊下を歩いていると、背後から肩を叩《たた》かれた。

俺は振り返る――と同時にうんざりする。

「……世良《せら》か」

「おはよう咲馬《さくま》！　元気？」

うっとうしいほど爽《さわ》やかな笑顔で挨拶《あいさつ》をしてきた。眠気に加えて煩わしさがのしかかる。

「なんか用か」

「用がなくちゃ話しかけちゃダメ？」

「ダメじゃないけど……いやダメだ。用があっても話しかけるな。面倒くさいから」

「ひどいこと言うなぁ。僕と君の仲じゃあないか」

「どの仲だよ」

無駄に体力を使いたくない。さっさと撒《ま》いてしまおうと歩調を速める。だが世良《せら》は、D組の前を通り過ぎても俺から離れなかった。

「おい。A組までついてくるつもりか？」

「そうだよ。またA組の子とお喋《しゃべ》りでも楽しもうと思ってね」

本当の目的は西園《にしぞの》に対する嫌《いや》がらせだろう。

「……あんまり西園を怒らせるなよ」

「へえ？　咲馬はアリサちゃんの味方するんだ」

その返答はもはや認めているようなものだ。特に隠したいわけでもなかったらしい。

「余計な諍《いさか》いを生むなって言ってるんだよ。マジでどうなっても知らないぞ……西園、普通に殴ったり蹴《け》ったりしてくるからな」

「それは怖いね。でもあの子は僕に勝てないよ」

世良はさらりと言った。

何をもって勝ち負けとするかはともかく、西園のほうが圧倒的に不利——というか身動きは取りづらいだろうなとは思った。

一学期に西園が謹慎を食らったことは、世良も知っているだろう。あの件から西園は表立って暴挙に出ることはなくなった。次に問題を起こしたら、謹慎より重い処分が下される可能性がある。いわばイエローカードを出されている状態だ。

それに比べて世良は、決して品行方正とはいえないが、特に問題視はされていない。少なくとも、教師の心証は世良のほうがいい。

あの子は僕に勝てない、の根拠はそんなところだろう。

「性格が悪いな。安全圏からねちねち嫌がらせして楽しいか？」

「心外だね。でも楽しくなるのはこれからだよ」

世良の目は無邪気な期待で輝いていた。

A組に到着する。

俺が自分の席に向かうと、世良は他の女子のところへ駆け寄っていった。

その後も世良は、休み時間が来るたびA組を訪れた。

やることは昨日と変わらない。西園《にしぞの》のかつての取り巻きに狙《ねら》いを絞って話しかけるだけだ。そのうちの何人かは世良《せら》の意図に気づいていたようで、やんわりと会話を拒もうとしていた。だがそれでも引き下がらないのが世良だ。口八丁で丸め込み、自然な笑顔を引き出すまでに会話を盛り上げる。大した話術だと呆《あき》れ半分に感心する。

そして標的にされている西園はというと、明らかにイライラを募らせていた。貧乏揺すりをしたり、時々すごい目つきで世良を睨《にら》んだりしている。その視線だけで常人なら怯《ひる》みそうなものだが、世良はどこ吹く風だった。

やがて昼休みが訪れる。

俺が昼食の支度をしていると、蓮見《はすみ》が弁当を持ってやってきた。

「昨日はどうだった？」

「どうって？」

蓮見は前の席から椅子《いす》を借りて、俺の正面に座る。今日はいつもどおり教室で食事を取るらしい。

「槻ノ木《つきのき》たちと食べたんでしょ」

「ああ、昼飯か……いや、食堂に行った。弁当、忘れちゃって」

「へえ。一人で？」

「真島《ましま》と椎名《しいな》がいたから、三人で食べた。向こうから誘われたんだ」

「紙木《かみき》が？　モテるね」

「別に、そういうんじゃねぇよ。……まぁでも最近やたらと女子と話す機会が多いし、ひょっとするとそうかもしれん。これは来てるかもな、モテ期が」

「何話したの？」

「さらっとスルーしたな」

気まぐれで軽くボケてみたのだが、少し分かりにくかったか。スべったみたいで恥ずかしい。いや、実際スべったのか。

俺は弁当の包みを開いて、食事を始める。

「いろいろだよ。まぁ大体は西園のことだな。最近、険悪だから」

「たしかに。なんか、滲《にじ》み出てるよね。怒りというか憎しみというか、そういうのが」

「ああ。ずっとピリピリしてる」

俺はおにぎりを箸で割って、口に運ぶ。

ただ、今の状況を俺はそこまで悲観していない。世良の意識が西園に向いているかぎり、俺や汐《うしお》は平穏に過ごせる。実際、西園が世良に牛乳をぶっかけた日から、世良は一度も汐と話していない。

言い方は悪いが、このままあの二人が潰《つぶ》し合ってくれたら僥倖《ぎょうこう》だ。汐としても、今は能井《のい》との勝負に向けて何かと大変だろうから、世良に構っている暇はないだろう。

「紙木《かみき》はどっちが勝つと思う？」

「え？」

「西園《にしぞの》と世良《せら》。どっちが勝つか。他のクラスでもちょっと話題になってるんだよ」

どっちも悪名高いから、と蓮見《はすみ》は付け足し、唐揚げを齧《かじ》る。

「勝つとか負けるとかじゃないだろ、あれは。そうやって囃《はや》し立てるのよくないと思うぞ」

「そう？　別にいいんじゃない。世良は楽しんでるみたいだし」

「いや、それでもさ……」

反論の言葉を探していたら、世良が教室に入ってきた。噂《うわさ》をすればなんとやらだ。

右手にはレジ袋がある。今日はここで食べるつもりらしい。

世良はまた西園グループの一員だった女子に目をつけ、そちらに移動する。ここ数日でかなり打ち解けてきたようで、女子たちもすんなり受け入れていた。

やがて楽しげな話し声が、世良たちのほうから聞こえてくる。

『楽しくなるのはこれからだよ』

今朝、世良はそんなことを言っていた。含みのある言い方だったので妙に引っかかっている。「これから」とは具体的にいつを指すのだろう。もう始まっているのか？　まだだとしたら、一体何をやらかすつもりなんだろう。

謎《なぞ》だ。

まぁ世良の言うことだし真に受ける必要はない……そう思いつつも気になりながら箸を動かしていたら、トントントン、と小刻みに何かを叩《たた》く音が鼓膜に触れた。

昼休みの喧噪《けんそう》のなかでは、気のせいかと思うほど小さな音だ。でも、たしかに聞こえた。

耳を澄まして、音の出処《でどころ》を探る。

音は、西園から聞こえていた。右足を小刻みに揺らし、床に踵《かかと》を打ちつけている。貧乏揺すりだ。

トントントントントントン。

苛立《いらだ》ちの宿る、神経質な音。なんとなく、時限爆弾にとりつけられたタイマーを思わせた。

西園の中ではすでにカウントダウンが始まっているのだろう。カチコチと、秒針は着実にゼロに近づいている。

爆発の衝撃がこちらまで飛んでこないといいのだが。

＊

汐《うしお》の朝ランに付き合うのが最近の日課になっていた。いつも一時間くらい走って、帰宅したのち登校する。学校が休みの日は朝八時から走り始めている。汐はペース走と軽い筋トレを織り交ぜながら、昼まで走り込んでいた。なかなかストイックな練習メニューだ。

能井《のい》との勝負まで、すでに一週間を切っている。汐《うしお》がプレッシャーを感じているようにはあまり見えないが、本人としては気の抜けない状況だろう。なんなら俺のほうが緊張していた。もし汐が男子陸上部に戻ったら、俺も星原《ほしはら》も困る。これからどう下校すればいいんだ。

「それでさ、話しかけてみたら全然知らない人だったんだよ。でもウマが合って結局そのまま仲よくなっちゃって――」

世良《せら》の甲高《かんだか》い声が思考に割り込んでくる。

俺は考え事を中断して、世良のほうに目をやった。今日の昼休みも、世良はA組に来ている。いつものことだ。西園《にしぞの》が世良に牛乳をぶっかけてから、世良は足しげくA組に通い続けていた。昼休みは当然、一〇分の休み時間でもそうだ。移動教室で慌ただしいとき以外は、こちらに足を運ぶ。もしA組で集合写真を撮るとき世良が交じっていても、誰も違和感を感じない程度には馴染《なじ》んでいる。

思えば、あの頃《ころ》もそうだった。

世良が汐に告白してから、夏休みが始まるまで……あの頃の世良も、頻繁にA組を訪れていた。汐に対するアプローチだ。それだけ聞けば一途のように思えるが、すでに彼女が複数いるし、汐を賭《か》けた定期テストの勝負では、途中で力を抜いたりと適当なところもある。とにかく行動が読めない。

だから今回も、何をしでかすか分からない。

　あともう少しで、昼休みの終わりを告げる予鈴が鳴る。世良もそろそろD組に帰っていく頃合いだ。

　世良は壁の時計を一瞥すると、女子たちとの会話を打ち切って椅子《いす》から立ち上がった。そのまま、西園の席へと向かう。

　D組に帰るんじゃないのか？

　俺は世良の動向に注視する。世良は西園の机の前で足を止めた。そして退屈そうに携帯をいじっている西園を見下ろす。

　世良の存在に気づいた西園は、物憂《ものう》げに顔を上げた。

「……何？」

「ちょっと話そうよ。一人でいると寂しいでしょ？」

「あんたとは話したくない。どっか行って」

「まぁそう言わずにさ」

　世良は自然な動きで、よっこいしょと西園の机に腰を下ろした。

「ちょっ、どけ」

「力尽くでどかしてみれば？」

「は？　何言ってんの？　ぶん殴るよ」

「殴れるの？　君に」

ぎり、と西園《にしぞの》は奥歯を噛《か》みしめる。その表情を見て、世良《せら》は満足そうな顔をした。

「無理だよね。君には前科があるから。次に問題を起こしたら、いよいよ進路に響く。さすがのアリサちゃんもそれは嫌《いや》だよね」

「……わざわざ挑発しに来たわけ？　ほんっと最低のクズね」

「分からないかな、アリサちゃん」

世良は淡々と続ける。

「前々から言おうと思っていたんだけど、僕はね、実はちょっと怒ってるんだ。そりゃあ怒るよ。頭から牛乳をかけられたんだから。あの日は制服からなかなか匂《にお》いが取れなくて困ったよ。D組に戻っても笑いものにされるしさぁ。鼻つまみ者ってのはきっとあのときの僕みたいなのを言うんだろうね。先生に報告してもよかったけど、しなかった。なぜだか分かるかい？」

「知るか」

「温情だよ。僕なりの優しさだ。君のようなひとりぼっちのか弱い女の子に、教師という権力を使って反撃するのはフェアじゃないと思ったんだ。だからここは、話し合いでケリをつけようじゃないか。もし君が僕に一言でもごめんなさいと謝れば、許してあげよう」

「さっきから、ぺらぺらと……」

西園は勢いよく立ち上がる。同時にがたんと椅子《いす》が音を立てる。それで一層、クラスメイトたちの注意を引いた。何人かは心配そうな顔をしている。特に真島《ましま》と椎名《しいな》からは、顕著に不安が見て取れた。

西園は相当キレている。眉間《みけん》には深い皺《しわ》が刻まれ、その眼光は怒りにギラついていた。

「上から目線でふざけたこと抜かすな。どうして私があんたに謝らなきゃいけないの？　牛乳をかけられた？　言ったでしょ、あれは手が滑ったんだって」

「百歩譲ってあれが事故だとしても、謝るのが道理ではないかな」

「あのときごめんって謝ったじゃん。大体、あんたはやることも考えることも器が小さいんだ。最近あんたがA組に来てだらだらくっちゃべってんのは、私に対する当てつけでしょ？　遠回しにイラつかせようとしてくるその陰湿さ、本当に反吐《へど》が出る」

「それは」

「どうせ被害妄想だの自意識過剰だの言うつもりなんでしょ。嘘《うそ》つけよ。あんたほど人の心に入り込むのが上手《うま》いヤツが無自覚にやってるわけないでしょ。いや、もうこの際故意かどうかなんて関係ない。あんたの声は本当に耳障りだ。二度と喋《しゃべ》るな。A組に来るな。次、なんか喋ってみろ。口にボールペンぶっさしてやる」

ふーっ、ふーっ、と西園の荒い吐息が、静まり返った教室に響く。

誰もが口を噤《つぐ》んでいた。身長一六〇センチもない小柄な女子の迫力に、クラスメイト全員が圧倒されている。

まるで教室が静かになるのを待っていたかのように、予鈴が鳴る。チャイムが鳴り終わるまで、二人は一度も目を逸《そ》らさなかった。

一転、世良《せら》の顔から笑顔が消える。徐々に眉《まゆ》が下がり、悲しそうに顔を曇らせた。

「……可哀想《かわいそう》に」

「なんだと……！」

西園《にしぞの》が世良の胸ぐらを掴《つか》んだ。世良は机の上から退《ど》かされ、立ち上がる。そのせいで二人の身長差が歴然となるが、西園は一歩も引くことなく世良を下から睨《にら》み続けた。

「可哀想って、どういう意味だよ」

「そのままの意味だよ。君がそれほど疑心暗鬼になるのも、考えてみれば無理ないと思ってね。友達には疎《うと》まれ、教師には睨まれ、好きな人には裏切られる。そりゃあ同情的な気分にもなるさ」

「は？」

世良は言う。

「君、汐《うしお》のことが好きだったんだろ？」

西園は絶句した。まったく予想外のところから飛んできた弾丸に胸を撃ち抜かれたような、そんな表情をしていた。

「君のお友達から聞いたよ。ショックだよね。好きな男の子が、女の子になって登校してくるんだから。君の心境を察すると胸が痛むよ。汐に嫌《いや》がらせを繰り返したのは、男の子に戻ってほしかったからなんだよね」

「……な」

世良の胸ぐらを掴む手が、震えている。手だけじゃない。口も。目も。激しい驚愕《きょうがく》が、いたるところに表れていた。

「何言ってんの？　そんなわけ」

「あのときもそうでしょ？」

遮《さえぎ》って言う。

「謹慎を食らう原因。たしか水筒で汐を殴ったからだよね？　あの綺麗《きれい》な顔をぶつなんてひどいことするなぁと思ったけど、詳しく聞いたかぎり、わざとじゃないみたいだね。それも水筒が当たった瞬間、ずいぶん動揺していたとか。それってさ、やっぱり本心では汐に振り向いてほしかったからじゃないの？　君にとって、汐に対する嫌がらせはあくまで善意の行動であって、実際に傷つけてしまうと、ごまかしようのない加害になってしまう。だから君は、動揺したんだ」

「違う」

「でもさ、もう無理だよ」

ふっと世良《せら》は失笑した。

「どれだけ汐《うしお》のことを想《おも》っていようが、君の想いが伝わることはないよ。だって自分の生き方を否定されて嫌《いや》な気分にならない人はいないもん。もしかして嫌がらせを続ければ汐が考え直して君に感謝するとでも思った？　ぼくを正しい道に戻してくれてありがとう！　みたいな？　そんなわけないじゃん。仮に汐が男の子としての生き方を選択するとしても、それはトラウマを植え付けられただけだ。間違っても君への好意に転じることはないよ。絶対に。そんなことも分からないのは、やっぱり恋は盲目ということなのかな？」

「……黙れ」

西園《にしぞの》は腹の底から絞り出すように言った。顔は怒りと羞恥《しゅうち》で赤みを帯びている。西園の屈辱がひしひしと伝わってくる。俺にも経験がある。世良に欺瞞《ぎまん》を暴《あば》かれると、まるで自分がまったく物を知らない子供になったかのような錯覚に陥ってしまうのだ。西園の場合はもっとキツいだろう。ただでさえプライドが高いうえに、今は衆目に晒《さら》されている。もはや公開処刑のようなものだ。

この状況を、汐はどう見ているのか——ふと気になってそちらを目にやる。汐は二人の動向を見守りつつも、顔にはなんの感情も表れていなかった。世良に賛同しているようにも、西園を哀れんでいるようにも見えない。ただ、二人を見ている。

「大体さ、汐が女の子として生きるようになったからといって、恋愛対象の性別まで変わるわけじゃないよね。もし君が汐に理解を示して以前と同じように接していたら、ひょっとしたらチャンスはあったかもしれない。その可能性を、君は自分の手で潰《つぶ》したんだ」

喋《しゃべ》るたびに、世良の口角が上がっていく。

「それだけじゃない。汐以外の友人からも君は人望を失った。だって考えてもみなよ？　これだけ堂々と君のことを問いただしているのに、誰も止めようとしない。ただ見ているだけだ。それが何よりの証拠だよ。まぁ僕の言ってることが正鵠《せいこく》を射ているからってのもあるだろうけど——」

「黙れっつってんだろ！」

ついに、西園が爆発する。

右手を大きく振りかぶった。

「ちょ、アリサ！　それはまずいって！」

傍観していた真島《ましま》が、ここで初めてストップをかけた。だがその声は届かず——

西園の拳が、世良の頬《ほお》を打った。

ばちん！

肉と骨のぶつかる生々しい音が、教室に響いた。

誰かが悲鳴を上げる。ざわりと教室に波紋が広がる。

クラスメイト全員が、西園《にしぞの》が世良《せら》を殴るところを目撃した。

「はは、効くねえ」

顔面を殴られたというのに、世良は笑っていた。むしろ勝ち誇っているようにさえ見えた。

西園は追撃を試みる。だが二発目のパンチは届かなかった。世良に手首を掴《つか》まれ、右手を封じられる。

「おい、離せ！」

「暴力に訴えるのは非常によくないね。それじゃ何も好転しないよ——と言いたいところだけど、今回の場合そうでもないんだな、これが。まぁアリサちゃんにとっては負けたようなもんだけど」

「お前……！」

「離してほしい？　いいよ。でもちょっと待ってね。もうそろそろだから」

「わけ分かんないこと言ってないでさっさと離——」

「何をやってる！」

怒号が飛んだ。

教室の前方に目をやると、歴史の先生が教室に入ってきていた。状況は掴めていないようだが、異常事態なのは察しているみたいだ。

西園と世良に夢中ですっかり忘れていた。もう五時間目が始まる時間だった。

まさか。

世良は、これを狙《ねら》っていたのか？　先生がやってくるタイミングで西園をキレさせ、あえて殴られた。暴力を振るわれた証拠を示し、西園の逃げ場をなくす……。

すべては、報復のため。

世良の計算高さよりも、殴られることもいとわない精神に舌を巻く。いくら相手が女子でも顔面を殴られれば痛い。それとも顔を殴られるとは思っていなかったのか？　……いや、どうだろう。西園の性格を考えれば、顔を狙ってきてもおかしくないのは予想できたはずだ。それに、暴力の証拠を示すなら、やっぱり顔が一番、分かりやすい。

そして何よりも、世良の悪魔のような笑《え》みが、計画の成功を語っていた。

「時間切れだぜ、アリサちゃん」

つう、と切れた口の端から一筋の血を流れる。

いつの間にか世良は西園の腕を離していた。自分が『被害者』であることを強調したいからだろう。

「最悪……っ！」

西園も、世良の計画に気づいたようだ。そしてまんまと自分が罠《わな》にハマったことも。悔しそうに唇《くちびる》を噛《か》みしめ、世良を睨《にら》む。

「おい、聞こえてるのか？　何やってんだ、お前ら」

先生が二人のもとへと向かう。世良《せら》が状況を説明すれば、先生は否応《いやおう》なく対応を迫られるだろう。あるいはそれ以前に、世良の頬《ほお》にできた痣《あざ》を見て何が起こったか察するかもしれない。

どちらにせよ、西園《にしぞの》に逃げ場はない。

「残念だったね」

ニヤニヤと笑う世良。

追い詰められた西園は、

「……はっ」

この状況で笑った。

唇《くちびる》の隙間《すきま》から、犬歯が覗《のぞ》く。覚悟を滲《にじ》ませた、攻撃的な笑《え》みだった。

「舐《な》めんな、クズ野郎」

世良の目が驚愕《きょうがく》に見開かれる。

西園は大きく拳を振りかぶって、

ばちん！

＊

翌日の昼休み。

弁当を食べる前に用を足そうと、俺はトイレに向かった。

廊下に出て、歩きながら何気なく外を見る。今にも降り出しそうな、曇天の空模様だった。

午後は雨かもしれない。一応、教室に予備のレインコートを置いているが、雨のなか下校することを考えると気が萎《な》える。

男子トイレに着き、ぱぱっと用を足す。

冷たい水で手を洗っていると、隣に人が並んできた。鏡を見ながら、ワックスで髪のセットを始める。細身で長身、そして鮮やかな金色に染められた髪。

世良だった。

俺は鏡に映った世良を見て、

「ひどい顔だな」

と呟《つぶや》いた。

世良の左目には眼帯がつけられ、左の頬は腫《は》れ上がっている。持ち前の甘いルックスが台無しだった。

「いやあ、参ったよ。まさかあの状況で殴ってくるとはね。あの子、どうかしてるよ」

へへ、と世良は照れくさそうに笑う。

あれから西園《にしぞの》は、すぐさま先生に連れ出され、三日間の謹慎処分を言い渡された。以前よりも処罰が軽いのは、世良《せら》が挑発を繰り返したというクラスメイトからのタレコミがあったからだそうだ。それと、伊予《いよ》先生が必死に西園を庇《かば》ったという話も聞いた。あくまで噂《うわさ》なので、真偽のほどは定かでないが。

一方で世良は、A組を出禁になったらしい。元より生徒が他クラスの教室を出入りするのは校則で禁止されている。余計なトラブルを避けるため、形骸《けいがい》化した校則が適用されたのだろう。世良にとってそれがどの程度の罰になるのかは分からないが、謹慎に比べるとはるかに軽い。

「どうかしてるのはお前だよ」

俺は水道の蛇口を捻《ひね》り、手から水気を払って世良のほうを向いた。

「お前、殴られるの分かってただろ」

「それが目的だからね」

世良は平然と認めた。今も鏡を見ながら、ワックスをなじませるように髪をくしゃくしゃと手で丸めている。

「よくそんなことできるな。普通、思いついても実行しないだろ。痛みを感じないのか?」

「もちろん痛かったよ。瞼《まぶた》が腫《は》れてるせいで目が半分くらいしか開かなくてね。僕の彼女たちにも笑われてしまった」

「そこまでして西園のことを貶《おとし》めたかったのか?」

「今日の咲馬《さくま》は積極的だね？　いつもそれくらい僕に興味を持ってほしいもんだよ」

言われて気がついた。たしかにいつもの俺なら、自分から話しかけようとせず、早々に立ち去ろうとしていた。でも今回は違う。なぜ？

世良の考えを知りたかったからだ。

得体の知れないヤツだし、常々関わりたくないと思っている。でも今回は好奇心が勝った。

「いいから、真面目《まじめ》に答えろ」

「どうしようかなぁ。あ、じゃあ汐《うしお》と遊ぶ約束を取り付けてくれたら話してあげるよ」

「ならいい」

俺はハンカチで手を拭《ふ》きながら出入り口へ向かう。すると「冗談冗談」と言って世良が引き止めてきた。

「仕方ないなぁ。ほかでもない咲馬のお願いだからね。ちゃんと話してあげるよ。タダで」

ちょっと面倒くさくなってきた。でもせっかくなので、話に耳を傾ける。

世良は洗面台に腰をかけた。

「えーと、アリサちゃんのことだっけ？　別に恨んではいないよ。ただ、やられっぱなしは癪《しゃく》だからね。そこはきちんと清算させてもらった」

「清算ねぇ……」

俺は改めて世良の顔を見る。眼帯からわずかに、紫色の痣《あざ》がはみ出ていた。見るからに痛々しい。

「いろいろ釣り合ってないんじゃないか。二発も顔面殴られたらマイナスだろ」

「そうかな？　こんなのすぐに治るよ」

「そりゃ治るけど……痛かっただろ、普通に」

「痛みなんてただの信号みたいなもんだよ」

急に観念的なことを言い出したので、俺はちょっと驚いてしまう。

「……強がりか？」

「まぁ信号は言いすぎだったかも。痛みに無頓着《むとんちゃく》ってのが正確かな」

「無頓着」

「生まれつきそうなんだ。たとえば冬場になると、静電気を恐れて金属に触りたがらない人がいる。でも僕はそういう抵抗を感じたことがないんだよ。もちろんパチッとしたら痛いけど、別にそんなの一時的なものだしね。みんな怖がりすぎ、って思うよ」

「へえー……」

変わってる、といえば変わってるのだろうか。ちょっと微妙なラインだ。けど痛みに無頓着というのは、本当のことのように思えた。

「あと、虫歯の治療で手を挙げたこともないよ」

「それは歯医者さんの腕がよかったんだろ」

「注射を怖いと感じたこともないね」

「それも別に……や、結構すごいな」

注射は誰でも緊張する。幼い頃《ころ》は特にそうだ。小学校で行われた予防注射では、泣きだす子が続出したし、平気だと言っている子も明らかな強がりだった。俺は後者だった。なんなら今でも注射は緊張する。

世良《せら》が注射を怖がるイメージはないが、幼い頃からそうだったと聞くと……。

「なんか……人間味の薄いヤツだな」

そんなふうに思ってしまう。

常識がないわけではないのだが、世良の感覚はやはりどこかズレているように思う。まるで別の星からやってきた異星人が、人間の形を取っているような……たびたびそんな印象を受けてしまうのだ。もちろん、それ自体は悪いことではない。と思いたいのだが、どうしても忌避感が拭《ぬぐ》えなかった。

「ムカデっているよね」

「は？　ムカデ？」

思わず聞き返す。なんの脈絡もない単語が飛び出した。

「あのでっかい牙《きば》に、ぬらっとした外殻！　僕はね、昔からムカデが虫の中で一番カッコいいと思ってるんだよ」

「なんの話だ？」

「小学生の頃《ころ》、教育テレビでムカデの特集をやってたんだけどね」

世良《せら》は俺を無視して続ける。

「ムカデは過保護な虫なんだよ。産卵してからは何も食べずに、ずーっと卵を守ってるんだ。細長い身体《からだ》で卵を包んで、外敵が近づいたら攻撃する。卵が汚れないよう、舐《な》めて掃除なんかもする。あの外見からは想像できないほど母性的なんだ」

話の方向性が見えない。さっきまでの話とムカデになんの関係があるんだろうか。人間味が薄いと言ったから虫の話になったのか？

さっぱり分からないが、妙に聞き入ってしまう内容だった。

「ただね、ムカデにはもう一つ面白い習性があるんだよ」

「……」

「ムカデは身を挺《てい》して卵を守る。だけど、それができないときもある。鳥やカエルに襲われたらひとたまりもないし、カマキリにやられることもある。ムカデが自分の卵を守り切れないと本能的に判断したとき、何をするか知ってる？」

少し考えて、俺は首を横に振る。

すると世良は、口角を少しだけ持ち上げた。

「食べちゃうんだよ、自分の卵を」

「え……」

「食卵ってやつさ。敵に食べられるくらいなら、自分で食べて栄養にしちゃおうってこと。そしたらまた卵を産めるからね。素晴らしく合理的だ。保護の対象から食料に。真逆の関連付けを即座に行える、その適応力！　これを知ったときの衝撃といったらないよ」

思わず頬《ほお》が引きつる。ムカデの習性もえげつないが、それを嬉々《きき》として話す世良のことも不気味だった。

世良は自らの興奮を鎮めるように、自分の顎《あご》を撫《な》でる。

「それでさ、思ったんだよ」

「……何を」

「僕にも同じことができるかな？　って」

俺は言葉に詰まった。

「もちろんそのままの意味じゃないよ。合理性に基づいて、自分の一番大切なものをこの手で壊すことはできるのか……そういうことを、僕は昔から自分に問うてきたんだ。そして今の自分がある」

世良は洗面台から離れ、ゆっくりと俺に近づいてくる。

「つまり、何が言いたいかっていうとね」

歩みを止める。

「顔を殴られるくらい、僕にはなんともないってことさ」

おどろおどろしい雰囲気を消し飛ばすように、世良《せら》はパチンとウインクした。片目が隠れていてもウインクと呼べるのかは分からないが、ムカつくほど様になっていた。

「……お前の考えてることは分からん」

「それは残念」

大げさに肩を竦《すく》める世良。

と、そこで他の男子生徒たちが、駄弁《だべ》りながら男子トイレに入ってきた。俺と世良のそばを通り抜け、奥へと進んでいく。

そろそろ教室に戻らないと。長々と話してしまった。

「……じゃあ、俺は戻るよ」

「せっかくだしもっと話そうよ。僕はA組に行けないんだからさ」

「来なくていい。もう西園《にしぞの》と勝負はついたんだから、D組で大人しくしてろ」

そのほうが俺や汐《うしお》にとっても助かる。教室でウザ絡みされるのはごめんだ。西園に感謝はできないが、これでしばらくA組は平穏だろう。

俺は男子トイレを出た。

「まだ終わってないよ」

と世良が後ろから言う。

俺はため息をついて、振り返った。

「悪いけど、もう昼飯の時間だから」

「そうじゃなくて、アリサちゃんの件」

「何？」

つい眉間《みけん》に力が入る。

「終わってないって……お前、まだなんかやる気か？」

「いや、僕は何もしないよ。何もする必要がない」

「じゃあ一体なんなんだ」

「そのうち分かるよ」

不穏なセリフを吐くと、世良はＤ組へと向かった。

ゴロゴロと唸《うな》るような雷の音が耳に届く。

雨が降り始めた。


「止《や》まないねえ」

と星原《ほしはら》が窓の外を見て言った。机に頬杖《ほおづえ》をついて、物憂《ものう》げな顔をしている。

昼休みに世良と話してから、五時間目、六時間目と過ぎ去り、そして放課後が訪れた。いつも俺と汐と星原の三人で下校しているのだが、あいにくの悪天候だ。五時間目から本格的に降り始め、今では結構な風雨となっている。

　俺と汐《うしお》は適当な椅子《いす》を借りて、星原《ほしはら》のそばに座っている。教室に残るクラスメイトは他にも何人かいて、それぞれバスが来るまでの時間を潰《つぶ》していたり、雨脚が弱まるのを待っていたりしていた。

「今日はもうバスで帰ろうかな……」

　と言う星原に、俺は「それがいい」と勧める。

「ちょっと風も出てきたからな。田んぼの水路に落ちたら大変だ」

「紙木《かみき》くんはどうするの？」

「俺はレインコートあるから自転車で帰るよ。汐は？」

「ん、何？」

　顔を上げる汐。話を聞いてなかったみたいだ。さっきまで携帯をぱちぱち触っていた。

「どうやって帰るかって話。星原はバスだってさ。汐はどうする？」

「ぼくは……一応、迎えに来てもらうつもり。今そのメール打ってた」

「そうか」

　できれば俺も親に迎えに来てもらいたいが、今は二人とも仕事中だ。連絡してもどうせ自力で帰ってこいと言われるのがオチだろう。

「今夜も走るのか？」

と訊《き》くと、汐は頷《うなず》いた。

「走るよ。夜にはマシになるみたいだし。勝負の日まで休みを入れたくないんだ」

「頑張るなぁ……風邪、引くなよ」

「大丈夫。体調管理はしっかりしてるから」

汐はまた視線を携帯に落とすと、メールの続きを打ち始めた。

「そういや、汐ちゃんから聞いたんだけどさ」

星原が俺のほうを向く。

「紙木くんって、朝の練習に付き合ってるんだよね」

「ああ、まぁな。付き合うって言っても、自転車で隣走ってるだけだけど」

「いいな〜。私も家が近かったら一緒に走ってるのに。何もできなくてもどかしい……」

「星原も十分汐の力になってるよ」

「えー、どこが？」

「なんかこう……いるだけで癒《い》やされるというか」

「何それ。マスコットキャラじゃないんですけど！」

ぷりぷりと怒る星原。そういうとこだよ、と思ったのだが、癒やされているのは俺だけかもしれない。

「ちょっとごめん。電話」

すくりと汐《うしお》が立ち上がる。携帯を持って足早に教室から出て行った。親からだろうか。

ともあれ、俺と星原《ほしはら》の二人になる。

文化祭以前の俺なら緊張している場面だが、さすがに慣れた。星原と話すようになってからもう半年ほど経《た》つ。つっかえつっかえに話していた当初の自分を思い出すと、なんだか面映《おもは》ゆい気持ちになる。

「ところで紙木《かみき》くん」

ひそひそ話でも始めるみたいに、星原がこちらに身を乗り出した。突然の至近距離にドキッとする。全然慣れてないじゃん、と自分に突っ込む。

「汐ちゃんとはどんな感じ？」

「ど、どうって？」

「二人きりでいるとき仲よくできてる？　気まずくなったりしてない？」

「たぶん、上手《うま》くやれてると思うけど……」

「ほんとに？」

俺はこくこくと頷《うなず》く。すると星原は「ならいいの」と安心したように言った。

汐とは文化祭の前に一度険悪になった。それが尾を引いていないか、心配してくれているのかもしれない。気配り上手だ。だからクラスメイトからも人気があるのだな、と感心する。

「話、変わるんだけどさ。紙木くんってどういう子がタイプ？」

「いや、変わりすぎだろ。なんだ、タイプって」

「いいからいいから。ちょっとした話題の種だよ。深く考えずに答えて」

「えー……？」

深く考えずに、と言われると余計に考え込んでしまう。好きな子のタイプ。それをよりにもよって星原に訊《き》かれるとは……いや、別に深い意味はないのだが。

「……や、優しい人、とか？」

「他には？」

「え、他？　他には……うーん……」

悩む。

好きなタイプ。よくある話題なのだろうが、蓮見《はすみ》とはほとんど恋愛的な話をしないので、特に考えたことがなかった。あと、たまにクラスの男子に「好きなタイプの芸能人は？」と訊かれることもあるが、あまりテレビを観《み》ないのでいつも答えに困ってしまう。

星原はじっと俺を見つめて返答を待っている。やや気まずくなって俺は視線を落とす。すると、こちらに身を乗り出しているせいで机に乗っかった星原の胸に目が吸い寄せられて、それでつい――。

「……胸が大きい人？」

「それはダメ!!」

「ええ!?」

間髪を容れずに否定された。

星原《ほしはら》は身体《からだ》を引くと、グーにした手でばんばんと机を叩《たた》く。

「も～よくないよ、紙木《かみき》くん。本当によくない。もっと顔と中身を見て。そんな表面的なところに騙《だま》されちゃダメ！」

「お、おう」

いや、顔もわりと表面的なところなのでは……。

「このことは聞かなかったことにしとくから、考えを改めてね」

「はい……」

普通に注意されてしまった。

まぁ引かれるよりマシか。うっかり口走ったが、考えてみれば嫌われてもおかしくない発言だった。いや本当に怒られるだけで済んでよかった。マジで。もし引き気味に「あ、そうなんだ……へえ～……」みたいな感じでささっと距離を取られたら死にたくなっていたところだ。

でも、聞かなかったことに、か。

そうしてくれたほうが助かるのに、ほんの少しだけ寂しさのようなものを覚えてしまうのは、なぜだろう。

「二人ともちょっといい？」

汐《うしお》が戻ってきた。

携帯のマイクを手で押さえている。まだ通話は繋《つな》がっているようだ。

「どうした?」

「その……雪《ゆき》さんが、よかったら二人も送って行こうかって」

「え、ほんと?」

星原が勢いよく立ち上がった。

「すっごく助かる!　ぜひ送ってほしい」

「分かった。咲馬《さくま》はどうする?」

「あ、じゃあ俺もお願いしようかな」

学校に自転車を置いていくと明日の登校が少し困るのだが、せっかくだ。雪さんのご厚意に甘えることにする。

汐はその場で「二人とも送ってほしいって」と言うと、短く別れのやり取りをして、電話を切った。

「ごめんね、急に。雪さん、ちょっとお節介なところあるから……」

「いやいや、ほんとすごく助かるよ。それにまた雪さんと会えるの嬉《うれ》しい」

はは……と汐は苦笑する。

雪さんは汐の義理の母親だ。汐のお父さんが再婚してからもう三年以上は経《た》つのに、汐は今も〝雪《ゆき》さん〟とさん付けで呼んでいる。だからどうにも親子のあいだに壁を感じてしまうのだが、こうして連絡を取り合っている分には、きっと上手《うま》くやっているのだろう。そう思いたい。

「ところでさっき何話してたの？　夏希《なつき》、怒ってたみたいだけど……咲馬《さくま》なんか言った？」

「あ、えーと……」

本当のことを言うのはよくない気がして、俺はさりげなく星原《ほしはら》のほうを見る。

「紙木《かみき》くん、この前回転寿司に行ったときシャリ全部残したんだって」

どういうごまかし方だよ、と心の中で突っ込んだ。

「え、そうなの？　もしかしてダイエット中？」

「いや、えーと……まぁ、そんな感じ……」

「ふうん。別にいいけど、ご飯もちゃんと食べたほうがいいよ」

「そうだな……」

少々理不尽な気もするが、本当のことを話したら気まずくなりそうだし、これでよかったはずだ。

それから二〇分後、雪さんから到着の連絡があり、俺たちは昇降口に移動した。車は校門の前に停めてあるようだ。靴に履き替え、三人揃《そろ》って雨のなかダッシュで車を目指す。ひゃ〜、と星原が走りながら声を上げていた。

「あの車！」

汐《うしお》が黒のセダンを指さす。

俺たちは急いで車に乗り込んだ。汐は助手席に、俺と星原は後部座席だ。車内に雨が入らないよう、すぐにドアを閉める。

「お世話になります！」

星原が雪さんに元気よく挨拶《あいさつ》をする。俺も「お願いします」と続いた。

「いいよいいよ、夏希ちゃんと咲馬くんにはお世話になってるからさ。のんびりしてて」

ゆっくりと車が発進する。

仕事終わりなのか、雪さんはスーツ姿だった。ぴしっとしたジャケットとパンツ。ありがちな表現だが、すごく仕事ができそうな感じがした。

「あ、咲馬くん。夏休みのとき、汐といてくれてありがとね」

「ああ、いえ……全然。むしろ暇だったので、こちらとしてもありがたかったです」

「ほんと？　嬉《うれ》しいね。夏希ちゃんも、汐と仲よくしてくれてありがとね。家でよく夏希ちゃんの話を聞くよ」

「えっ、ほんとですか！　それはめちゃくちゃ嬉しい……」

「ちょっと、雪さん」

汐が咎《とが》めるように言う。

「ごめんごめん、どうしてもお礼が言いたくってさ。ちょっと出しゃばっちゃった」

「……まぁ、いいけど」

赤信号に当たり、車にブレーキがかかる。

ざあぁ、と車の天井にぶつかる雨粒の音と、せわしなく動くワイパーの音が、車の中を満たしている。普段は交通量の少ない道路だが、今は雨が降っているせいか少し混んでいた。

「お仕事の帰りですか？」

信号が青になったタイミングで、星原《ほしはら》が雪《ゆき》さんに訊《き》いた。

「途中で切り上げてきたの。地元じゃそこそこ大きな事務所だから、時間には融通利くんだ。行政書士って知ってるかな？」

「えっと……名前は聞いたことあります」

「ざっくり言うと、市役所なんかに出す書類を個人企業に代わって作ってあげるお仕事だね。作業は複雑だけど、慣れると楽なもんだよ」

「おお……なんだか頭がよくないとできなさそうな仕事……でもカッコいいです！」

「あはは、ありがとね。もし契約のことなんかで知りたいことがあったら気軽に訊いてよ」

「はい！」

相変わらずいい返事だ。ルームミラーに映る雪さんも実に嬉《うれ》しそうだった。

「そうだ。ちょっと寄るところがあるんだけど、いいかな？」

雪さんの言葉に、汐《うしお》が反応する。

「どこ行くの？」

「中学校。操《みさお》も迎えに行くことになってね」

え、と汐は声を漏《も》らして、シートから背を離す。

「それ、ぼくたちがいること言った？」

「いや、言ったら遠慮しちゃうと思って何も言わなかったんだけど……まずかったかな？」

「……まぁ、別にいいと思うけど」

奥歯に物が挟まったような言い方だった。

操ちゃんは汐の妹だ。汐が自分から妹の話をすることはめったにないので、現状の姉妹仲がどうなっているのかは分からない。だが夏休みの時点では、良好とは言い難かった。さっきのやり取りを見るに、おそらく今も同じだろう。

雪さんの運転する車は、椿岡《つばきおか》中学の校門の前で停まる。俺と汐の母校だ。椿岡高校よりも一昔ほど古い造りで、雨のせいで外が薄暗いからか、なおさら古臭く見えた。

雪さんは携帯で電話をかけ、「着いたよ」と連絡した。

少しして、傘をさした女子中学生がこちらに向かってくる。あれが操ちゃんだろう。席を空けるように星原が真ん中に移動する。そして、車のドアが開く。

「ったく、遅――え？」

「ど、どうも～」

星原《ほしはら》が挨拶《あいさつ》すると、操《みさお》ちゃんは驚いたように目を見開いて、

「あ、す、すいません！」

そして勢いよくドアを閉じた。

どうやら車を間違えたと思ったようだ。操ちゃんは車の後ろに回ってナンバーを確認すると、もう一度戻ってきて、おそるおそるドアを開けた。雪《ゆき》さんの姿を見て、カッと顔を赤くさせる。

「ちょっと！　人がいるなら言ってよ！」

「ごめんごめん、言ったら断ると思って」

「もういい。一人で帰る」

操ちゃんがドアを閉じようとすると、汐《うしお》が「操」と呼び止めた。

「乗りなよ。靴、汚れるよ」

操ちゃんは逡巡《しゅんじゅん》するように固まる。時間にして一秒ほど——だが激しい葛藤《かっとう》を感じる間《ま》を置いて、渋々車に乗り込んできた。傘の雨粒を外に落とし、ドアを閉じる。

「夏希《なつき》ちゃんの家ってどの辺り？」

雪さんが訊《き》いた。

「あ、駅までで大丈夫です！」

「ほんとに？　遠慮しなくていいよ。この時間の電車、人多いでしょ。それに駅からも歩くだろうし」

「それじゃあ……せっかくなので」

星原は隣町にあるスーパーの名前を伝える。その近くに家があるらしかった。

「オッケー。じゃあ出発」

一旦《いったん》、星原の家を目的地に、車が発進する。

操ちゃんはポケットから携帯を取り出して、退屈そうにいじりだした。ボブカットの黒髪が頬《ほお》にかかり、白くてほっそりした首筋が覗《のぞ》く。顔が小さいからか、首が長く感じられた。

汐が西洋人形なら、操ちゃんは日本人形を思わせる凛《りん》とした雰囲気がある。イメージとしては対照的だが、やはり血が繋《つな》がっているだけあって、顔立ちは似ている。

そんな操ちゃんが隣に座っているからか、星原はなんだか落ち着きがなかった。さっきから顔色を窺《うかが》うように操ちゃんのほうを横目でちらちら見ている。やがて話しかける決心がついたようで、操ちゃんのほうに顔を向けた。

「会うの二度目だね。覚えてるかな？　前、紙木《かみき》くんと家に行ったとき、一緒にいた……」

「……まぁ、うっすらと」

操ちゃんは携帯の画面を見つめたまま答えた。素っ気ない反応だ。

「あ、自己紹介してなかったね。私、星原って言います。汐ちゃんとは同じクラスで、学校ではよく一緒にご飯とか食べてるの」

「そうですか」

「今、中学三年生なんだっけ？　勉強で忙しい時期だよね……あ、高校ってどこにするか決めてる？」

はぁ、とため息をついて、操《みさお》ちゃんは携帯を閉じた。

「それ、なんの関係もないあなたに言う必要ありますか？」

あう、と星原《ほしはら》は口ごもる。

辛辣《しんらつ》だった。やはり夏休み前に会った頃《ころ》から変わりない。昔はもう少し愛嬌《あいきょう》があったはずなのだが……。

「操、今のは夏希《なつき》に失礼だ」

汐《うしお》が後ろを振り返って操ちゃんを咎《とが》める。

「あ、私は全然気にしてないよ！」

星原はぶんぶん手を振って操ちゃんを擁護した。だけど汐は後ろを向いたまま、操ちゃんに厳しい視線を注ぎ続けている。

操ちゃんは反省する様子もなく、ふんと鼻を鳴らした。

「本人が気にしてないって言ってるんだからいいじゃん」

「ダメだ。ちゃんと謝れ」

強い口調に、俺は自分が言われたわけでもないのに、胃の奥がきゅっとなった。数日前にも汐が怒るところを見たが、そのときとはまた違う怖さがある。星原も完全に萎縮《いしゅく》していた。

さすがの操ちゃんも今のは効いたらしい。きまりが悪そうに眉《まゆ》を寄せた。

「偉そうに……」

「操」

はああ、と操ちゃんは大きくため息をついて、星原のほうを向く。

「ごめんなさい」

「あっ、もう全然！　全然、気にしてないよ～、あはは……」

笑いが引きつっている。そりゃ星原としては胃が痛い展開だろう。

汐はまだ何か言いたげだったが、諦《あきら》めたように前を向いた。

それきり会話が途絶え、車内に沈黙が落ちる。

再びぱちぱちと携帯をいじる操ちゃん。汐は頬杖《ほおづえ》をついて、ぼんやりと窓の外を見つめる。

雪《ゆき》さんは運転に集中していて、俺と星原は、ただ閉口するしかなかった。

空気が……重い！

汐と操ちゃんのあいだにできた溝は深そうだ。ひょっとして家でもずっとこんな感じなのだろうか？　だとしたら、汐が夏休みのあいだ俺の家に避難してきた理由が、痛いほど分かる。

これでは気が休まらない。

雪さんは、この状況をどう思っているのだろう。間違いなく、よくは思っていない。だけど改善するのは難しそうだ。この姉妹と雪さんのあいだにも、なんらかの隔たりがある。

大丈夫なのか、槻ノ木家《つきのき》は……。

先行き不透明な未来を暗示しているかのように、雨脚は強くなる。しばらく止《や》みそうにない。

それから特に会話もなく、一〇分ほど経《た》った。

「あ、次の信号、右です」

おずおずと星原《ほしはら》が沈黙を破る。

前方を見るとスーパーがあった。雪《ゆき》さんとの会話に出てきた場所だ。家が近いらしい。

星原の指示どおり車が右折すると、住宅街に入った。そこから一分ほど直進したところで、星原が「あそこの三階建てです」と言う。

緩やかにブレーキがかかり、星原の指す家の前で停車した。

「ここでいいかな?」

「あ、大丈夫です！　今日は本当にありがとうございました！」

座ったままぺこりと頭を下げると、雪さんは「はい、どういたしまして」と笑顔でお礼を受け止めた。

俺は窓から、右方にある星原の家を見上げる。

この住宅街ではちょっと浮いているほど立派な家だった。ガレージと門があって、窓が大きくて、庭も広い。新築っぽいというか、モダンなデザインだ。すごく下世話な言い方になってしまうが……お金持ちの家って感じがした。でかい犬飼ってそう。

「紙木《かみき》くん、ちょっとごめん」

「ああ、悪い」

星原が車から降りるにはまずは俺が降りないと。ドアを開けて外に出ると、すぐに星原も降りてきた。あまり濡《ぬ》れないよう、早口で「じゃあね、汐《うしお》ちゃん」と挨拶《あいさつ》をして、俺のほうを向く。

「紙木くんもばいばい」

「ああ、じゃあな」

星原は鞄《かばん》で雨を防ぎながら、小走りで家に入っていった。

俺はすぐに車内に戻る。まつ毛に引っかかった雨粒を拭《ぬぐ》っていたら、雪さんに家の場所を訊《き》かれた。ざっくりした住所を伝えると、汐の家と近いおかげか「ああ、あの辺りね」とすぐに把握してくれた。

車はUターンして、来た道を引き返す。

車内には四人。俺と槻ノ木家三人。相変わらず空気は重いが、無理して場を盛り上げる必要はないだろう。下手《へた》に話題を振って地雷を踏むのは避けたい。送ってもらっている立場で申し訳ないが、家に着くまでは無言でいさせてもらおう。

「そういや咲馬《さくま》くん」

などと思っていたら、早速呼ばれてしまった。俺はルームミラー越しに雪《ゆき》さんを見る。

「は、はい。なんですか？」

「明日の朝も送ってあげようか？　自転車、学校に置きっぱなしでしょ」

「あー……」

一応、明日はバスを使うつもりでいたが、家からバス停がかなり離れている。だから雪さんの提案はありがたかった。ただ連続で送ってもらうのは、さすがに遠慮がある。

「……どうしようかな」

「別にいいんじゃない？」

助手席の汐《うしお》が振り向いて言った。

「ぼくも送ってもらうつもりだから、遠慮しなくていいよ」

あ、そうか。汐も自転車通学だし、どのみち雪さんは車を出すことになる。

「じゃあ……送ってもらおうかな」

「任せて！　じゃあ汐を乗せて咲馬《さくま》くん家に寄るね」

「いや、さすがに汐の家までは自分で行きます。申し訳ないので……」

「そう？　ま、気が変わったら言ってね。咲馬くんなら大歓迎なんだから」

「はは……ありがとうございます」

雪さん、とても親切な人だ。こうして接している分には、非の打ち所がないように思える。

汐はこの人の何が不満なんだろう——なんて、家族なんだから俺の知らないことがたくさんあるか。そもそも、不満という言葉で片付けるのもいい加減だ。

ふと、汐の前のお母さんのことを、思い出す。

身体《からだ》が弱くて、俺と汐が幼い頃《ころ》から入院生活を送っていた。汐に似てすごく綺麗《きれい》な人で……なんというか、透き通った人だった。

一つ、とても印象に残っている出来事がある。

あれは小学三年生のときだ。俺と汐でお見舞いに行った際、俺は汐のお母さんにお土産《みやげ》を渡した。母に持たされていたいちご大福だ。本当はりんごや梨みたいな果物のほうがいいのだろうが、俺の母はいちご大福も果物という認識だったのだろう。

お見舞い品として正しいかどうかはともかく、汐のお母さんは喜んでくれた。その場で開封し、三人で食べることになった。

いちご大福は、白い粉がまぶしてあって、ピンポン球くらいのサイズがある。汐のお母さんは、なんとそれを一口で頰張《ほおば》った。白い粉をシーツの上にぽろぽろ落とし、ハムスターみたいに頰を膨らませたのだ。俺はとても驚いた。貴婦人のような人だと思っていたので、その大胆な食いっぷりが衝撃だった。

口の端に白い粉をつけながら、ごくりと飲み込むと、俺に「おいしかったよ」と微笑《ほほえ》みかけてくれた。

あの頃《ころ》は、亡くなってしまうなんて思いもしなかった——。

不意に、とんとん、と太ももに何かが触れる。

俺は我に返った。

下を見ると、それは携帯だった。操《みさお》ちゃんが携帯で俺の太ももを突いている。しかし操ちゃんはこちらを見ておらず、視線は窓の外にあった。まるでカンニングペーパーでも見せるような挙動だ。

よく見ると携帯の画面には文字が打ち込んである。読めということだろう。

『いつになったら前のお兄ちゃんに戻るんですか』

胃痛が走る。俺に言わないでほしい……まぁ声に出して言わないだけマシか。

操ちゃんは、汐《うしお》が男でいることを望んでいる。以前会ったときも、今の汐に忌避感を露《あら》わにしていた。当時は驚いて何も言えなかったが、今なら冷静に返事ができる。

俺は携帯で文字を打ち込み、操ちゃんと同じやり方で画面を見せた。

『もう戻らない』

操ちゃんは文面を確認すると、すかさず返事を書いてきた。

『なんで』

『今の姿に満足してるから』

『どうしてそんなことが分かるんですか』

『幼馴染《おさななじみ》だから』

操《みさお》ちゃんの手が止まる。

俺はさらに文章を追加した。

『それに学校でも楽しそうにしてる』

『うそ』

『嘘《うそ》じゃない』

俺は携帯の画像フォルダを開く。以前、星原《ほしはら》に球技大会の打ち上げの写真を送ってもらった。そこには女子に囲まれ、楽しそうにしている汐《うしお》が写っている。

その写真を、操ちゃんに見せた。

操ちゃんはしばらく画面を見つめたあと、

『ばかみたい』

と返した。

受け入れられないのは分かるが、少しムッとする。そんな言い方はないだろう。

俺はさらに文字を打ち込む。

『操ちゃんと同じ考えの女子がクラスにいる』

『それが普通』

『その女子は今、クラスで孤立している』

操ちゃんは苦虫を噛《か》み潰《つぶ》したような顔をした。

カウンターのつもりだったが、ちょっと意地悪だったかもしれない。でも事実だ。

少しの間《ま》を置いて、操ちゃんはまたすぐにぱちぱちと打鍵《だけん》した。

『咲馬《さくま》さんはお兄ちゃんのことが好きなんですか？』

「んなっ」

思わず声が出た。

汐がこちらを振り向く。

「どうしたの？」

「あ、いや、何もないよ。何も……」

「……ならいいけど」

汐は前を向く。

まったく、なんてことを書くんだ……。隣を見ると、操ちゃんと目が合った。横目で蔑《さげす》むような目線を向けている。今のは真面目《まじめ》な疑問ではなく、俺を動揺させるのが目的らしい。その試みは上手《うま》くいっている。

『そりゃ友達としては好きだけど』

そう返事を書くと、操ちゃんはぷいとそっぽを向いた。もう会話を続けるつもりはないらしい。

嫌われてしまったかもしれない。昔はそこそこ慕ってくれていただけに、結構落ち込む。どこかでリカバーしたいところだが、操《みさお》ちゃんが汐《うしお》を受け入れないかぎり、仲直りは難しいだろう。

俺は携帯をポケットに突っ込んで、窓の外に視線を投げた。

雨はざあざあと降り続けている。

＊

翌朝。

雨のなか、俺は汐の家へと向かっていた。自宅から徒歩で一〇分ほどだ。傘を持つ手が雨に濡《ぬ》れて、すっかり冷たくなっている。今朝もそこそこ寒い。雨のせいもあるだろうが、吐いた息が驚くほど白かった。

信号を一つ越え、住宅街をしばらく進み、汐の家に着く。

昨日話していたように、今朝も雪《ゆき》さんに送ってもらうつもりだ。玄関のドアフォンを鳴らすと、中からぱたぱたと廊下を駆ける音が近づいてきた。

がちゃり、とドアが開いて雪さんが顔を出す。

「おはよう、咲馬《さくま》くん」

「おはようございます」

今日もよろしくお願いします、と軽く礼をする。

雪さんは今日もスーツを着ていた。俺と汐を送り届けたら、そのまま職場へと向かうのだろう。

「汐、着替え中だからもうちょっと待っててね」

「あ、はい」

ちょっと早く来すぎたかもしれない。

玄関で待ってて、と雪さんに言われて、俺は家の敷居を跨《また》ぐ。中は暖かくて、焼いたトーストの匂《にお》いが漂っていた。数分ほど待っていたら、雪さんが汐と一緒に戻ってきた。

「ごめん、お待たせ」

「全然」

急いで着替えていたのか、ネクタイをせず手に持っていた。車の中で結ぶのだろう。

家を出て汐が扉の鍵《かぎ》をかけると、三人で車に向かった。雪さんは運転席、俺と汐は後部座席だ。椿岡《つばきおか》高校に向け、車は動きだす。

「あれ、そういや操ちゃんは？」

「先に出たよ。誘ってはいたんだけど、一人で行くって聞かなくて」

「あ、そうなのか……」

ひょっとして俺が原因ではなかろうか。昨日のやり取りが尾を引いて、同乗を拒否されたのかも。だとしたらいろいろと申し訳ない。

汐《うしお》はルームミラーを見ながらネクタイを結び始めた。細い指先で器用に輪っかを作り、最後にきゅっと襟元《えりもと》を締める。急いで準備をしていたのか、首元に汗が滲《にじ》んでいた。

「今朝も走ってたのか？」

「うん」

汐は平然と頷《うなず》く。

雨の日でも汐の朝ランに付き合うつもりだったが、自転車を学校に置いたままなので、今日は行けなかった。自分の足で走っても、汐のペースには合わせられない。

「びしょ濡《ぬ》れになっただろ」

「そりゃあ、雨降ってるからね。走りにくいけど、サボるわけにはいかないから」

「よくやるなぁ……汐って湿気とか嫌《いや》がりそうなイメージあったけど」

「そうなの？」

初耳なんだけど、と汐はちょっと笑いながら言う。

「だって汐って寝癖とかめちゃくちゃ気にするだろ？　髪の毛跳《は》ねてる日はマジでずっと手で撫《な》でつけてるし」

「え、ほんとに？」

意外そうな顔をする汐。どうやら無意識だったらしい。

寝癖を気にするのは中学のときからそうだった。目立つ髪色をしている分、髪の毛には人一倍神経を使っていると思っていた。

「全然気づかなかったな……たしかに髪の手入れはちゃんとするほうだけど」

ふふ、と運転席にいる雪《ゆき》さんが、突然堪《こら》えきれないように笑った。

「咲馬《さくま》くんは汐のことよく見てるね」

「あ、それ汐にも言われましたね」

「そうなんだ？　ほんとに仲がいいのね」

俺は苦笑する。一方で汐は、居心地が悪そうに首筋をぽりぽりとかいていた。怒ったわけではなさそうだが、むず痒《がゆ》そうな顔で口を閉ざしてしまう。

車は住宅街を抜ける。歩道に目をやると、自転車で登校する椿岡《つばきおか》高校の生徒が見えた。学校指定のレインコートを着ている。懸命に自転車を漕《こ》いでいる横を車で抜き去ると、ちょっとした優越感を覚える。

やっぱり車は楽でいい……これから雨の日は毎日雪さんに送ってもらいたい。いや無理だ。雪さんは喜んで聞き入れてくれそうだが、俺はそこまで図々しくなれない。

学校が見えてきた。

校門の前で停車する。ありがとうございました、と雪さんにお礼を言って、俺は車から降りた。汐《うしお》も続く。

「じゃあ、学校頑張ってね」

雪《ゆき》さんの車は走り去った。

俺と汐は持参していた傘をさして校舎へと向かった。ちょうど登校ラッシュのど真ん中で、昇降口は人でごった返している。俺たちは人と人の隙間《すきま》に潜り込み、傘の雨粒を払った。

ふと空を見上げる。昨夜から徐々に雨脚が弱まってきたが、空は一向に晴れる気配がない。

「放課後までには止《や》むかな……」

「止まなかったらまた送ってもらう？」

「いやいや、それは悪いって……どんな天気でも今日は自転車で帰るよ」

「そう？　僕はどっちでもいいけどね」

傘を畳む。

校舎に入ろうと外に背を向けたら、後ろから勢いよく人がぶつかってきた。

「おわっ」

床が濡《ぬ》れているせいで踏ん張りがきかず、俺は硬い床に両手をつく。パタン、と傘が音を立てて倒れ、ついでに肩にかけていた鞄《かばん》も床にずり落ちた。行き交う生徒がそれらを邪魔そうに避《よ》けていく。

「咲馬《さくま》っ、大丈夫？」

「あ、ああ。すまん」

汐の手を借りて立ち上がる。傘と鞄を拾って振り返ると、そこにいたのは能井《のい》だった。俺と目が合うなり不愉快そうに顔をしかめ、舌打ちする。

「もたもたすんなよ。邪魔」

「風助《ふうすけ》！」

汐が怒りを露《あら》わにする。

だが能井は意に介さず、そのまま下駄箱のほうに向かった。すかさず汐はそのあとを追い、肩を掴《つか》んで振り向かせる。

「なんだよ」

「なんだよじゃないよ。子供みたいなことするな」

「ドアの前でだらだらくっちゃべってるからだろ。つーか」

能井は俺と汐を交互に見て、ふっと鼻で笑った。

「お前ら、同じ車から出てきたの見たぞ。なんだよ、朝帰りか？　ずいぶん仲よくなったな」

朝帰り、の部分を強調して言った。その単語に反応した周りの生徒たちが、なんだなんだと俺たちに注目してくる。ただでさえ人通りの多い下駄箱で立ち止まる能井と汐は、悪目立ちしていた。

「汐、もう行こ——」

「いい加減なこと言うな」

汐《うしお》が能井《のい》に噛《か》みつく。

能井の侮辱は俺には大して刺さらなかったが、汐には効いたようだ。恨みのこもった眼差《まなざ》しを能井に向けていた。

汐と能井は同じ陸上部だった分、二人の付き合いはそれなりに長かった。だからか、能井は汐を怒らせる方法を熟知しているように感じる。

「怒るなよ。図星か?」

「違う。そうやって人をバカにして何が楽しいんだ」

「純粋な疑問を口にしたまでだ。何必死になってんだよ」

「必死になってるのはそっちだ。咲馬《さくま》に肩をぶつけたのもそうだけど、いきなり陸上部に戻ってこいって言ったり勝負をふっかけてきたり……ぼくに執着するのはやめてくれ」

「お前が何も言わずに陸上部を辞めたからだろうが。執着してんじゃなくてケジメつけろって言ってんだよ」

「おいおい、朝から痴話喧嘩《ちわげんか》か?」

傍観していた生徒が、横から茶々を入れた。

汐と能井は、勢いよくそちらを向く。能井が「ふざけんな」と罵声《ばせい》を飛ばすと、茶々を入れた生徒は逃げるように立ち去った。

「クソ、気分悪……もういい」

能井はありありと不機嫌さを醸《かも》し出しながら、踵《きびす》を返した。汐も同様に、憤懣《ふんまん》やるかたないといった様子で、A組の下駄箱に移動する。

汐は自分の上履きを取り出すと、脱いだ靴を乱暴に下駄箱に突っ込んだ。

「はあ、ムカつく……」

「……」

俺も怒りはあるっちゃある。だけどそれ以上にさっきの「痴話喧嘩」の一言に、意識を引っ張られていた。

俺と汐は上履きに履き替え、教室へと向かう。

痴話喧嘩、は当然揶揄《やゆ》のつもりで放たれたものだろう。だがその言葉には「お似合い」みたいなニュアンスも含まれる。能井の性格は最悪だが、あれでなかなか容姿はよく、身長も高い。汐とは正反対のタイプだからこそ、二人が並ぶと絵になる。その事実に、なんとなく疎外感を覚えてしまった。

……まぁ、だからなんなんだ、って話だけど。

というか、今、気にしなきゃいけないのはそんなことじゃない。

「あいつ、ほんと嫌《いや》なヤツだな。汐が構う必要ないぞ」

俺なりに気を使った。だが汐は、歩きながら責めるようにこちらを見てくる。

「咲馬《さくま》も黙ってないで何か言えばよかったんだ。突き飛ばされたんだよ？」

「それはそうだけど……」

「そんなんだから風助《ふうすけ》に舐《な》められちゃうんだよ」

いや、俺だって普通にムカついたし口答えするときはちゃんとするけど、能井《のい》の挑発に乗ったところで——とかいろいろ反論したくなったが、飲み込む。これで険悪になったらそれこそ能井の思惑《おもわく》通りだ。

俺が口を閉ざしていたら、途端に汐《うしお》は、すう、と大きく息を吸った。そして、ゆっくりと吐く。深呼吸だ。申し訳なさそうに肩をすぼめて、顔を伏せた。

「……ごめん。今のは八つ当たりだった」

自覚はあったみたいだ。

「いいよ。汐は怒って当然だ」

「……風助には、絶対に勝つよ」

固い決意を感じさせる声だった。伏せられた目は、静かに燃えている。

無理して勝負を受ける必要はない、という言葉が喉《のど》まで出かかったが、それを言うのはなんだか違う気がした。だからもう一つ浮かんだほうを口にする。

「毎日頑張ってんだから、勝てるよ」

こくり、と汐は頷《うなず》く。

能井との勝負まであと四日だ。

朝のＨＲが始まり、伊予《いよ》先生が教室に入ってくる。長いポニーテールを揺らしながら教壇に上がると、生徒たちに号令を促した。

起立。礼。おはようございます。着席。

「はい、みんなおはよう。最近また寒くなってきたねぇ」

伊予先生は自分の身体《からだ》を抱くように両腕を撫《な》でる。パリッとしたシャツにタイトなスラックスがいつものスタイルだが、冷え込んできてからは、ジャケットを羽織るようになった。

「寒暖差の影響か、体調を崩す人が増えています。みんな温かくして寝るように。特に運動部の人は、汗をかいたらちゃんとタオルで拭《ふ》くこと。あと、体調もそうだけど季節の変わり目っていうのは心の健康にも影響してくるから――」

大抵はプリントの配布やスケジュールの確認、他にも学校からの注意喚起なんかから始まるが、今日はこれといったお知らせがないのか、最初から伊予先生の小話が始まった。

「それと最後に！」

数分ほど体調管理の話をしたあと、みんなの注意を引くように言った。気だるそうに聞き流していたクラスメイトも、むくりと頭を上げる。

「一つ、ちょっとしたお知らせがあります。今日から市が実施する清掃ボランティアの募集が始まってるんだけど、人手不足みたいでね。この学校にも声がかかってるの。誰か興味ある人いないかな？　何人でもいいよ！」

教室は静かになる。誰も興味がないようだ。まぁそうだろう。進んでボランティアに参加するような慈善家は、この教室にいない。

「ちょっと～誰かやりたい子いないの？　お給料は出ないけど、内申点はつけてあげるよ？」

内申点……推薦入学を狙《ねら》っている生徒にとっては、垂涎《すいぜん》の代物だろう。だがそれより面倒くさそうな雰囲気が勝るのか、誰も挙手する生徒は現れなかった。

やがてＨＲの終了を告げるチャイムが鳴る。

「みんな腰が重いな～。ま、気が向いたら声かけてよ。詳細はそれから説明するから。じゃ、今日のＨＲは終わり！」

終了の挨拶《あいさつ》をすると、伊予《いよ》先生は教室から出て行った。

途端に教室は賑《にぎ》やかになる。クラスメイトたちが談笑を始めたり一時間目の準備に取りかかったりするなか、俺は机の中から古文のノートを取り出した。それを持って廊下に出る。

昨日、家に忘れて提出できなかった課題だ。五時間目に古文があるのでそのときでもいいのだが、せっかくなので今のうちに渡しておく。

「伊予先生」

名前を呼ぶと、伊予先生は立ち止まって振り返った。

「すいません。これ、昨日忘れてた課題です」

ノートを差し出すと、伊予先生は「ああ、はいはい」と相槌《あいづち》を打ちながら受け取った。

「紙木《かみき》、最近ちょっと忘れ物多くない？　それに授業中よく寝てるでしょ」

「あー……はは」

バレていたか。ここ最近、汐《うしお》の朝ランに付き合っているから、どうも寝不足気味だった。

「成績は落ちてないからあんま厳しく言わないけどさ。次やったら廊下に立たせるからね」

「それ、体罰になるらしいですよ」

「冗談よ。でもそれくらい怒ってるってこと」

窘《たしな》めるように眉《まゆ》を寄せる伊予先生。これ以上はぐらかすと本気で怒られそうなので、素直に「すみません」と謝った。

「あ、そうだ。紙木、さっきの話聞いてたでしょ？　ボランティアのやつ」

「ああ、はい」

「参加してみる気はない？」

「ないですね……」

「早いよ返事が」

ぴしゃりと怒られる。少しは悩むフリをしとけばよかったか。

「内申点稼げるよ？　魅力的でしょ？」

「いや、別に推薦枠は狙《ねら》ってないんで……あれって明らかに部活やってる人が有利じゃないですか」

「まぁ、そのとおりだけど」

潔く認める伊予《いよ》先生。

実際、帰宅部の人間は特別な資格や技能でもないかぎり、推薦争いには不利だ。三年間部活に励んだ生徒には勝てない。

「他の人に声かけてくださいよ。部活やってる人とか」

「部活やってる子はやってる子で忙しかったりするんだよ」

「じゃあ、俺以外の帰宅部で」

「それは……まぁ、一応目処《めど》はつけてるけど」

「だったらそれでいいじゃないですか」

「でもなぁ……アリサ、来てくれるかな」

「え、西園《にしぞの》……？」

目処をつけてるって西園のことか……いや、絶対に来ないだろ。

「分かってるよ、紙木《かみき》の言いたいことは」

考えが顔に出ていたのか、見透かしたように伊予先生が言う。

「そりゃ不安要素はいくつもあるよ。けど上司からのアリサの心証すっごく悪いから、ちょっとでもイメージよくしなきゃまずいのよ……」

上司ってのは、たぶん学年主任とか教頭先生とかそこらへんだろう。

西園のことで相当頭を悩ませているようだ。たしかに生徒から見ても、今の西園は危うい。そのうち退学するんじゃないか、という声もたまに聞く。伊予先生の不安はもっともだった。けど……。

「西園、ゴミ拾いとかしますかね……」

「そこなんだよね～。もしそっちでも問題起こしたらやばいね。社会人の人もいるし……」

額《ひたい》を押さえる伊予先生。ストレスが多そうだ。

どうせ放課後は暇だし、参加してみようかな。いやでもやっぱ面倒くさいな……などと考えていたら、伊予先生は腕時計を見て「やば」と声を上げた。

「そろそろ行かなきゃ。まぁ紙木も気が変わったら言ってよ。時期も定員も融通利くからさ。じゃあね」

伊予先生は急ぎ足で廊下を進む。

俺は踵《きびす》を返し、教室に戻った。

……しかし西園か。

十中八九、伊予先生の誘いには乗らない。それより今後の動向が気になった。西園の謹慎は今日までだ。つまり、明日から登校してくる。世良《せら》がA組に入れなくなったおかげで、教室内でいざこざが起きることはないだろうが、果たして西園《にしぞの》本人はどう出るか……。溜《た》め込んだ怒りが無差別に放たれないことを願うばかりだ。

ついでに、伊予《いよ》先生の心労が少しは癒《い》やされることも祈っておく。

＊

一一月も折り返しに入った。

日の出前の静謐《せいひつ》な朝、今日も汐《うしお》のランニングに付き合っていた。一昨日から続いていた雨は止《や》み、道路にはそこらじゅう水たまりができている。国道沿いにある一級河川は、水かさが増し、茶色く濁っていた。

雨上がりのせいか、今朝は一段と冷える。手袋がなければ手がかじかんでしまう気温だ。隣を走る汐の吐息も、白く染まっていた。

「ほんと今日寒いな……もう冬だろ」

「走れば暖まるよ。自転車から降りたら?」

「寒いのとしんどいのとじゃ寒いほうがマシだ。それに自転車降りたら汐に追いつけない」

「ペース合わせるよ」

「それじゃ汐のためにならないだろ」

あっそ、と言って汐は少しペースを上げる。俺はペダルを踏み込んだ。

だらだらと会話をしながらいつものコースを走る。やがてゴール地点に設定している電柱の前を通過したところで、汐は走りから徒歩に変えた。

俺は自転車のカゴに入れていたタオルを汐に差し出す。

「はいこれ」

「ああ、ありがとう」

「ポカリ飲むか？」

「うん」

肩掛けポーチからポカリを取り出す。昨日買って常温で保存していたものだ。汐はそれを受け取り、歩きながら飲んだ。

飲み口から唇《くちびる》を離すと、やけに神妙な顔つきをした。

「なんか……完全にマネージャーだね」

「言われてみればそうだな……」

タオルは汐のものだが、ポカリは俺が用意していた。先週から朝ランのたび持参している。あれば喜ぶと思って、以上の理由はない。

「もしぼくが陸上部に戻ることになったら、マネージャー志望で入部してみる？」

いたずらっぽく笑いながら汐が問いかけてくる。

「勘弁してくれ。勝つんだろ？」

「冗談だよ」

汐《うしお》はまた一口、ポカリを飲む。

「……正直なところ、勝率ってどんくらい？」

おそるおそる訊《き》いてみた。以前から気になっていたことだ。

世良《せら》との勝負まで残り三日しかない。絶対に勝つ、という汐の言葉を信じたいが、具体的な勝率は見えているはずだ。

汐はすぐには答えず、しばらく思案した。一〇秒くらいじっくり考えたあと、口を開く。

「五割くらいかな」

微妙な数字だった。

「根拠とか訊いていい？」

「勘かな」

「勘か……」

どうしよう。かなり不安になってきた。

やっぱり勝負を降りたほうがいいんじゃないだろうか。汐が勝ったところでなんのうま味もないのに、負けたら陸上部に強制入部という重い罰を課せられる。前にも言ったがフェアじゃない。

それでも、汐は受けて立つつもりでいる。そこは決してブレなかった。ひょっとして、心のどこかでは陸上部に戻るのもアリだと考えているのだろうか。だとしたら……ちょっと嫌《いや》だ。

「……マネージャーになる覚悟しといたほうがいいのかな」

「だから冗談だって」

太陽が昇ると、空はからりとした青に染まった。昨日までの雨が空気中の埃《ほこり》や塵《ちり》を洗い流してくれたような青空だった。朝ランのときよりも少し気温が上がって、いくらか過ごしやすい陽気になっている。

椿岡《つばきおか》高校に着き、駐輪場に自転車を停める。

カゴから鞄《かばん》を引き上げると、カシャコン、と後方でスタンドを下げる音がした。

振り向くと、ちょうど西園《にしぞの》が来たところだった。自転車に鍵《かぎ》をかけ、俺と同じように鞄を肩にかける。そのとき、目が合ってしまった。

思わず、俺は後ずさる。

すさまじい剣幕で睨《にら》まれたからだ。親の仇でも見つけたような目つきだった。別に、西園に睨まれることはまったく珍しくない。なんなら今まで目を合わせるたび睨まれてきたが、それにしたって尋常ではない憎悪がこもった視線だった。

西園は素早く俺に背を向け、昇降口に進んだ。

……なんなんだ、一体。

恨まれる心当たりはない。ここ一か月近く、西園《にしぞの》とは言葉を交わしたことすらないのだ。でも単に機嫌が悪いだけで、あれほど凶暴な視線を向けられるとも考えにくかった。俺の知らないところで何かあったんだろうか?

不安に苛《さい》まれながら、俺は2―Aの教室へと向かった。

二度の謹慎を食らってなお、西園の態度に改善は見られなかった。それどころか、以前よりも一層近寄りづらい雰囲気を纏《まと》うようになった。休み時間になっても誰ともコミュニケーションを取らないのは前からだが、今はあらゆるクラスメイトに対して明確な拒否反応を示している。近くで談笑していただけで西園に舌打ちをされたクラスメイトもいた。

「ありゃバーサクかかってんな」

と、近くの男子が笑いながら西園を揶揄《やゆ》していたのを耳にした。

バーサク。ファイナルファンタジーに出てくる呪文《じゅもん》だ。その呪文をかけられると、攻撃しかできない狂戦士と化す。素の攻撃力が高い味方にかければ有効な補助になり得るが、そうでなければ、ほぼデメリットしかない。

最近の西園は、完全に余裕を失っている。以前の舌鋒《ぜっぽう》は影を潜《ひそ》め、短絡的な行動しか起こせなくなっている。その状態は、たしかに「バーサクをかけられている」と表現できなくもなかった。

なら呪文をかけたのは誰なのか？

世良《せら》しかいない。

A組を出禁となった今でも、あいつは西園に影響を与え続けている。本当にたちが悪い。

「あの、紙木《かみき》くん」

昼休み。

弁当を食べ終えて蓮見《はすみ》と他愛《たわい》のない話をしていたら、星原《ほしはら》に声をかけられた。基本的に星原は昼休みのあいだ汐《うしお》とばかり話しているので、俺のところに来るのは珍しかった。

「どうした？」

「その……ちょっと、一緒に来てくれない？」

「え？　まぁ、いいけど……」

蓮見との会話を切り上げ、俺は席を立つ。

昼休みに星原からお誘い。胸が躍るシチュエーションと言えなくもないが、星原の萎縮《いしゅく》したような表情が、浮ついた話ではないことを物語っていた。どうしたんだろう？

廊下に出ると、星原は足を止めた。

「アリサからメールがあったの。紙木くんと一緒に体育館の裏に来いって……」

「西園から？」

どうして俺が？　呼ばれた理由を脳内で探ってみたが、見当もつかなかった。

「紙木《かみき》くん、アリサと何かあった？」

「いや、何もないよ。今朝めちゃくちゃ睨《にら》まれたけど最近は喋《しゃべ》ってすらいないし……星原《ほしはら》は？」

「私もおんなじ。なんで呼ばれたんだろ……」

星原は不安そうだった。

俺が無意識に西園《にしぞの》の反感を買っていても驚きはしないが、星原も呼ばれたのは謎《なぞ》だ。気性の荒い西園も、星原にはちょっと甘いところがある。汐《うしお》と仲がいいにもかかわらず、そのことに関して詰問されたことはなかったし、以前ファミレスで勉強会を開いたときも、西園は星原の呼び出しに応じた。

「とりあえず、行ってみるか」

星原は頷《うなず》く。

廊下を進み、昇降口で靴に履き替える。外は清々《すがすが》しい秋晴れだが、冷たいこがらしが吹いていた。

体育館の裏に着く。日陰になっているせいで薄暗く、しかもかなり肌寒い。

西園は、体育館の壁にもたれて俺たちを待っていた。

そこには真島《ましま》と椎名《しいな》もいた。こちらに気づくと、二人とも怪訝《けげん》な表情を浮かべた。どうしてここに、とでも言いたげだ。この二人も、理由を知らされず呼び出されたのだろうか。

来たよ、と星原が声をかけると、西園は壁から背中を離し、俺たちに向き合った。

「あんたたちを呼んだのは、たしかめたいことがあったから」

そう言うと、西園は鋭い目つきで俺と星原、そして真島と椎名の四人に、視線を巡らせた。まるで、今から何か大事なことでも言うように。

西園は続ける。

「誰が喋ったのか、正直に言って」

「……？」

どういう意味だろう。

横目で星原たちを見てみたが、同様に疑問符を浮かべていた。

「なんのことだ？」

誰も答えないので俺が疑問を口にすると、西園は舌打ちした。

「世良《せら》をぶん殴った日のこと、覚えてるでしょ。その場に全員いたんだから」

俺たち四人は互いに目を見合わせ、戸惑いながらうんと頷く。

「あいつは、私の友達から聞いたって言ってた。だから、この中の誰かが喋ったんだ。私は、それを知りたいの。分かるでしょ？」

……全然分からない。喋ったって何を？　友達？　分かるように説明してほしい。けど今は、あまり西園を刺激したくない。だから自分で考える。

俺はあの日の記憶を掘り返す。すると、おぼろげながらも世良《せら》の言葉が蘇《よみがえ》った。

『君のお友達から聞いたよ』

西園《にしぞの》との舌戦のさなか、世良はそんなことを言っていたような気がする。

で、何を聞いたんだっけ……？

さらに記憶を深掘りしていると、西園は「ああもう！」と癇癪《かんしゃく》を起こしたみたいに声を上げた。

「なんで黙ってんの？　一人くらい心当たりあるでしょ！」

「落ち着きなよ、アリサ」

真島《ましま》が前に出る。

「なんのことか全然分かんないよ。喋《しゃべ》ったって何を？」

「だから……っ」

西園は歯を食い縛り、訴えるように真島を見つめる。その姿は憤慨しているというよりも、もどかしそうに見えた。自分の口で説明するのが相当嫌《いや》みたいだ。

西園は拳を強く握りしめ、次第に視線を下げていく。そして何かに耐えるように身体《からだ》を震わせながら、言った。

「私が汐《うしお》のこと好きだったってこと、この中の誰かが世良にチクったでしょ……！」

……そういうことか。

ようやく腑《ふ》に落ちた。今朝、俺をめちゃくちゃ睨《にら》んできたのもそれが理由だろう。言われてみれば、疑問ではある。世良は誰から西園の弱みを聞いたのか。当時は衝撃のほうが大きくて気にならなかったが、西園本人としてはずっと引っかかっていたところだろう。

「あのことは、ここにいる三人にしか喋ってなかった。これは間違いないんだよ」

西園は顔を上げる。……待てよ、三人？

「……なんで俺も呼ばれたんだ？」

西園が汐のことを好きだったのは、星原《ほしはら》から聞いた。だから西園が俺を疑う理由はないはずだ。

「どうせあんたも知ってたんでしょ。あのときそんな口ぶりだったじゃん」

あのときってどのときだよ、と言いたくなったが、よくよく考えてみれば思い当たる節はあった。

汐を巡って西園と口論になったときの話だ。俺は西園が抱いていた汐に対する恋心を、逆手に取ったことがある。他のクラスメイトは気にも留めなかっただろうが、西園からしたら弱みを突かれた気分だったろう。となれば、俺が秘密を知っていると西園に思われても、それほど不思議ではない。

「ていうか、この際どっちでもいいんだよ。知ってても知らなくても。世良《せら》がA組全員にバラしちゃったんだから」

西園《にしぞの》は開き直るように言った。

「問題はさっき言ったこと。誰が、世良に、私の秘密を喋《しゃべ》ったかっつうことだよ」

本題がはっきりしたところで、空気が緊張する。

無論、俺は世良に話してなんかいない。ならこの三人のうちの誰かということになるのか？　でも星原《ほしはら》も真島《ましま》も椎名《しいな》も、西園の秘密を告げ口するとは思えない。

周りの出方を窺《うかが》っていたら、西園が星原を睨《にら》んだ。

「夏希《なつき》、あんたが一番怪しいんだよ」

「え……」

「そもそも紙木《かみき》が秘密を知ってるのは、あんたが吹き込んだからじゃないの？　紙木に喋るくらいなら、世良に漏《も》らしててもおかしくないでしょ」

「や、私は、そんな……」

分かりやすく狼狽《ろうばい》する星原。まずい。半分当たっているだけに、これは釈明が難しい。西園はますます訝《いぶか》しんだ。

「あんたなの？」

「ち、違うよ。世良くんには言ってない……」

「には？　じゃあ、紙木《かみき》には言ったわけ？」

「それは、えっと……」

俯《うつむ》いて必死に言葉を探している。もう見ていられなかった。

「おい西園《にしぞの》、星原《ほしはら》は」

「あんたは黙ってろ」

西園はさらに星原との距離を詰めた。俯く星原を覗《のぞ》き込むように頭を傾けると、星原はビクッと肩を震わせた。

危険信号が灯《とも》る。返答次第では、西園の性格上、手が出てもおかしくない。それにここは、教室ではなく、先生どころか生徒の目もない体育館裏だ。

西園を引き剥《は》がそうと近づいたら、星原はおそるおそる口を開いた。

「……ごめん。紙木くんには、言った」

さっと熱が走ったように、西園の顔が憤怒に染まる。

「最っ低。ほんとにあり得ない」

怒りよりも失望が強く感じられる罵倒《ばとう》だった。激高して急に殴りかかるようなことにはならなかったが、一つも安心できない。俺は慌てて二人のあいだに割って入る。

「待て、西園」

「どけ。今は夏希《なつき》と話してんの」

「俺が聞いたんだ。西園に弱みはあるのかって、星原に」

「あ？」

西園は上目で睨《にら》んできた。ただならぬ迫力にたじろぎそうになる。それでも黙っているわけにはいかない。

「あのときのお前は独裁者みたいなもんだったろ。今でこそ立場は逆転してるけど、こっちは弱みくらい握らなきゃ対抗できなかった。疑心暗鬼になる気持ちは分かるけど、自分がずっと被害者だとは思うなよ」

「それで弁解したつもり？　夏希もあんたも最低ってことしか分からないんだけど」

西園は強引に俺を押しのけ、再び星原に相対する。

「どうせあんたも私のこと恨んでたんでしょ？　散々あんたの前で汐《うしお》のこといじめたもんね。でも直接仕返しする勇気がないから、世良《せら》に秘密を教えたんだ」

「ち、違うよ。そんなこと、しない……」

泣きそうになりながら反論する星原。

「おい、待てって」

俺はもう一度、西園に食ってかかる。

「星原が世良に言ってないってのは本当だ。よく考えろ。星原が世良のことをよく思ってないのは見てたら分かるだろ？　なのにどうして世良に告げ口するんだ。星原にはリスクしかない。それに、星原《ほしはら》がお前のことを本当に恨んでるなら、勉強会に誘ったりもしなかった」

「紙木《かみき》の言うとおりだよ」

真島《ましま》が追従した。

俺の言葉には耳を貸さない西園《にしぞの》だったが、真島には反応する。星原から離れ、真島のほうを向いた。

「……マリンはこいつの味方するんだ」

「そういうんじゃなくてさ。なっきーを問い詰めたってどうにもならないって言いたいんだよ。もうこんな犯人探しみたいな真似《まね》やめよ？」

「犯人が分からないと私の気が晴れない。近くに裏切り者がいるかもしれない状況で、安心できるわけないでしょ」

「でも、こうやって仲違《なかたが》いしても世良《せら》の思うつぼだよ。あいつはアリサを孤立させたくてあんなこと言ったんだ。乗せられちゃダメだって」

西園は苛立《いらだ》たしげに頭をかき、首を横に振る。

「それでも、うやむやにはできない。犯人を見つけたら、ちゃんとそいつをとっちめて、疑った他の三人には謝る。それなら孤立はしない」

「そんな簡単に言うけどさぁ……」

真島は言いよどみながら言葉を続けようとしたが、結局、黙り込んだ。

謝ったくらいで仲直りできるとはかぎらない、きっと真島はそんなことを言おうとしたのだろう。大体、その犯人が星原だろうが真島だろうが椎名《しいな》だろうが、西園が「とっちめる」ことを他の二人が絶対によしとしない。誰かしら庇《かば》おうとするはずだ。そこでまた西園とのあいだに確執が発生するのは、目に見えている。

犯人探しをやめないかぎり、西園の孤立は進む。真島が言ったように、世良の思うつぼだ。

と、そこで気づく。

前に世良が言っていた「まだ終わってないよ」って、このことか。

A組に出禁になろうが関係なかった。世良が残した疑心の種は、見事に成長し、西園を蝕《むしば》んでいる。

「ていうかさ」

西園は、椎名のほうを向いた。

「ずっと黙ってるけど、あんたはどうなの」

目をつけられた椎名は、気まずそうに顔を伏せた。

「……私は、喋《しゃべ》ってない。そもそも、誰も告げ口なんてしてない……と思う、けど」

「じゃあなんで世良は知ってたの」

「それは……分からない」

はあぁ、と西園は深いため息をつく。

「あんた、昔からそうだよね。澄ました顔してるくせに、何も考えてない。言ってないなら言ってないで、ちょっとは有意義な情報でも流してみなさいよ」

「……」

椎名《しいな》は固く口を閉ざして、叱られた子供みたいにスカートを握った。

いつもは毅然《きぜん》としている椎名だが、西園《にしぞの》の前では完全に萎縮《いしゅく》してしまっている。以前、食堂で本人が言っていたとおりだ。西園には、逆らえない。

俯《うつむ》く椎名に、西園は吐き捨てるように言う。

「ほんと、使えない……」

「あのさー、もういい加減にしなよ」

そう声を上げたのは真島《ましま》だ。

西園は鋭い視線を真島に向ける。だが椎名や星原《ほしはら》と違って、真島は怯《ひる》まなかった。

「こんなところでいがみ合ったって喜ぶのは世良《せら》くらいだよ。気にしない振りするのがアリサにとって一番いいって。それにもし犯人がいるとしても、他にバラされて困るようなこと、特にないでしょ？　アリサ、自分の弱みとか全然話さないんだから」

「これは落とし前の問題なの。勝手に人の気持ちを片付けないで」

「落とし前って、具体的にはどうするつもりなの？　アリサはすでに二回も謹慎食らってるんだよ。次何か問題を起こしたら、本当に退学になっちゃうよ」

大体さ、と真島はうんざりした顔で続ける。

「好きとか嫌いとか、そんなこと別にどうだっていいじゃん。それに槻ノ木《つきのき》は大人気なんだから、アリサが好きだって誰もおかしいなんて――」

「好きじゃない！」

叩《たた》きつけるような大声で西園は否定した。

きいん、と空気が震える感覚がする。さすがの真島も閉口し、息を呑《の》んだ。

「昔はそうだったかもしれないけど、今は絶対に違う。あんなヤツ、大嫌い……！」

その声は後悔に満ちていた。過去の自分を咎《とが》めているのか、西園は憎々しそうに自分の腕に爪《つめ》を食い込ませる。

「汐《うしお》だけじゃない。あんたも、夏希《なつき》も、シーナも、全員嫌い……。誰も、信じられない」

西園の怨嗟《えんさ》は止まらない。言葉を発するたび、どくどくと血を流しているような痛々しさがあった。

「アリサ……」

心配そうに真島が歩み寄ると、

「近寄んないで！」

大きく手を振るって拒絶した。

荒い呼吸で肩を上下させながら、血走った目で俺たちを威嚇《いかく》する。その姿は、手負いの獣を思わせた。追い詰められ、差し伸べられた手にも噛《か》みつこうとする余裕のなさ。もはや話すら通じそうになかった。

しばらく無言の間が続くと、チャイムが鳴った。五時間目の予鈴だ。

西園《にしぞの》は大きく息を吸って呼吸を整えると、俺たちに視線を巡らせた。

「もうどうなってもいい。犯人を見つけたら、絶対に容赦しないから」

そう言い残して、西園はその場を去った。

俺たち四人は、体育館の裏に取り残される。

誰も、西園の後を追おうとはしなかった。冷たいこがらしが、俺たちのあいだを通り抜けていく。

「あーあ」

真島《ましま》が呆《あき》れたような声を出す。

「どうしてあんなふうになっちゃったのかねぇ……」

わずかばかりの憐憫《れんびん》が紛れ込んだ嘆きだった。

＊

不本意ながら西園の犯人探しに巻き込まれてしまったが、俺の日常に変わりはない。朝は汐《うしお》のランニングに付き合い、淡々と学校生活を送るだけだ。

西園に呼び出された翌日。五時間目の授業は美術だった。芸術の選択科目は美術、音楽、書道の三つに分かれているため、美術室にいる生徒数もおよそ三分の一ほどだ。

机に真っ白な画用紙を広げ、右手に持ったシャーペンを指先で回す。『近所の建物』が今回の課題だが、授業開始から二〇分経《た》っても、構想から先の段階に進まなかった。

画用紙から視線を上げ、斜め前方の席を見る。そこには星原《ほしはら》がいる。画用紙をじっと見つめ、俺と同じでまったく筆が進んでいない。

昨日の昼休みから、星原はあまり元気がなかった。原因は西園以外にない。一応、昨日は教室に戻る途中で「気にするな」とフォローしておいたが、あまり効果はなかったようだ。

これは思ったより後を引くかもしれない。心配だ。

「はぁ……」

「何ため息ついてんの？　幸せ逃げるよ」

横からやんわり注意される。

隣の席は轟《とどろき》だ。赤いフレームのメガネが印象的な女子。一〇月に行われた文化祭では、演劇『ロミオとジュリエット』の演技指導を務めていた。

轟のスパルタ指導は記憶に新しい。特に俺は、主演のロミオ役だったが演技に関してはボロボロだったので、ずいぶん世話になった。その縁は今でも薄く続いている。特に美術の授業では席が近いので、たまに話すようになっていた。

「そんな焦んなくていいんじゃない？　白紙の人いっぱいいるし」

「いや、絵のことじゃないんだ。なんていうか……人間関係の悩み、みたいな」

「へえ。部活やってなくてもそういう悩みあるんだ」

「あるだろそりゃ……帰宅部舐《な》めすぎだろ」

部活至上主義みたいな考え方だった。

轟《とどろき》は合唱部だが、選択科目ではこのとおり美術を選んでいる。以前、なぜ音楽にしなかったのか訊《たず》ねてみたら、「上手《うま》すぎてみんな引いちゃうから」とのことだった。大した自信だ。

「そうかー、人間関係か。あれかな？　槻ノ木《つきのき》のこと？」

「いや、違う」

「じゃあ蓮見《はすみ》だ。喧嘩《けんか》でもしたとか」

「してないよ。喧嘩するほどの仲じゃない」

「分かった。西園《にしぞの》だ。最近ピリピリしてるから」

「それもちょっと違う……ていうか総当たりで来るのやめろ」

「夏希《なつき》かな？」

う、と俺は口ごもる。すると轟は「ははん」と得意げに笑った。

「夏希なんだ。もしかして恋煩い？」

「そ、そんなわけないだろ」

平静を装って答えた。

変にごまかしても余計に怪しまれそうなので、正直に説明することにした。一から十まで話すと長くなるので、簡潔に。

「昨日、星原《ほしはら》と西園が……いろいろあったんだよ。それが原因で、元気がないんだ」

「へえー、あの二人が。ここんとこ疎遠っぽかったけど、大変なんだね」

「まぁな……」

しみじみと相槌《あいづち》を打つ。

「あ、そうだ。じゃあ今度夏希に元気の出る映画でも教えてあげようかな」

「……まぁ、いいんじゃないか」

映画好きな轟ならではの励まし方だった。

そういえば、一学期の頃《ころ》は俺もよく好きな小説を星原にオススメしていた。最近はもうそんなやり取りをすることはなくなったが、星原は今でも小説を読んでいるのだろうか。

「紙木《かみき》もなんかオススメしてあげよっか？」

「いや、俺はいい」

「なんでよ。善意で教えてあげるって言ってんだから聞いとけ」

「だって轟がオススメする映画ってなんか小難しそうなの多いから……」

「いやいや、エンタメ重視のやつばっかだよ？　七森《ななもり》ちゃんにもセンスいいって褒められたんだから」

「へー、七森さんが……」

七森さんは、文化祭で衣装製作を担当していた。轟《とどろき》とは文化祭を通じて仲よくなったらしく、今でも良好な関係が続いているようだ。

「知ってる？　七森ちゃん、めちゃくちゃ映画観《み》てるんだよ。たぶん私の三倍くらい本数観てるね。そんな映画通にセンスいいって褒められたんだから、私の審美眼は間違いないんだよ。だからいくつか紹介してあげるね」

「単にオススメしたいだけだろ」

「これはインド映画の中でもわりと有名なやつなんだけど」

「聞けよ」

「ほらそこ！　いつまでもくっちゃべってないで手を動かす！」

先生の叱責《しっせき》が飛ぶ。

美術の先生はお喋《しゃべ》りには寛容なほうだが、さすがに度が過ぎたようだ。俺と轟は慌てて謝り、大人しく画用紙に向き合った。

やがて美術の授業が終了する。結局、線を数本引いただけで、ほとんど白紙のままだった。

クラスメイトたちはぞろぞろと美術室から出て行く。そのなかには星原《ほしはら》の姿もあった。心なし背中が小さく見えて、気落ちしている様子がわずかながら伝わってくる。

「星原」

後ろから声をかけると、星原はこちらを振り向いた。俺は早足で追いかけ、隣に並ぶ。

「どうしたの？」

「や、特に用はないんだけど、あんまり元気がなさそうに見えたから」

「ああ、そのこと」

星原はごまかすように笑う。

「全然大丈夫！　って言いたいけど、ちょっとそうでもないかも」

「……西園《にしぞの》のことだよな」

「うん……」

空元気を装わず素直に認めたのは、この場に汐《うしお》がいないからだろう。

汐の前で西園の話をしない。それはここ最近において、俺と星原の、暗黙の了解となっていた。理由は単純で、汐がいい顔をしないからだ。まぁ汐が西園から受けた被害を考えれば当然の反応だろう。

「昨日、いろいろ考えたんだけどね」

廊下を進みながら、星原は沈んだ声で話す。

「やっぱり、アリサの秘密を喋ったのはよくなかった。最低って言われても仕方なかったよ」

「いや、あれは俺が星原《ほしはら》に聞いたから」

「それでも、だよ。私だって、汐《うしお》ちゃんが好きだったこと人に言いふらされたら、嫌《いや》な気分になるもん。だからあれは私が悪いの」

「……そうか」

すでに星原の本心は決まっているようだ。それを俺が否定するのは野暮だろう。

今、星原に元気がないのは、自らの過《あやま》ちを反省しているから。なら、それが終わったらまた明るい笑顔を見せてくれるはずだ。

「……やっぱ謝ったほうがいいよね」

星原がぽつりと言う。謝る、というのは西園《にしぞの》にだろう。

「そこまでする必要はないんじゃないか……？　百歩譲って星原に非があるとしても、西園はそれ以上のことやってるんだから」

「そうかなぁ」

「謝るにしても、諸々《もろもろ》片が付いてからのほうがいい。今謝ってもたぶん逆効果だ」

そもそも、まともに話を聞いてもらえるかどうかも怪しい。いや、聞かないならそのほうがマシだ。話を聞いたうえで、さらに因縁をつけられたら、堪《たま》ったものではない。

「でも、いつになったら片付くのかな」

「それは……世良《せら》に喋《しゃべ》った人が分かったら？」

西園が使う「犯人」という言い方はあまりしたくなかった。誰がどういった経緯で西園の秘密を世良に話したか分からないし、星原たちを疑いたくない。

「誰なんだろうね、喋ったの」

「さあな……。真島《ましま》とか椎名《しいな》が喋るとは思わないけど」

もちろん星原も、と付け足す。

角を曲がり、特別棟から普通教室棟に続く渡り廊下を進む。A組はもうすぐだ。

「もしかして他にいるのかな？」

さっき思いついたように星原が言った。

「他に？　でも西園が喋ったのって三人だけなんだよな」

「教えてもらわなくても、態度で察することってあるよ。アリサが汐ちゃんのこと好きだったの、他の誰かが気づいてたのかも」

「あー、なるほど。でもそれだとA組全員が怪しいな。……そうだ。いっそ世良を問い詰めてみるか？」

「あ、それがいいかも。いや、やっぱよくない！」

前言撤回が速い。短いあいだにどういう思考の転換があったんだ。

星原は窘《たしな》めるような視線をこちらに寄越した。

「犯人探しなんかしたって何も解決しないよ」

「そ、そうだな」

じゃあどうすればいいんだよ、と思ったが、たぶん俺たちにできることはほとんどない。今の西園《にしぞの》は理不尽に襲いかかる災害みたいなものだ。嵐《あらし》が過ぎ去るのを待つように、落ち着くまで穏便にやり過ごすしかないのだろう。

A組が見えてきた。

……しかし西園の件に関しては、腑《ふ》に落ちないところが多い。犯人探しをするつもりはないが、ほんとに誰が喋《しゃべ》ったのだろう?

その日の夜、俺は自転車で町に繰りだしていた。

目的地は駅前のスーパーだ。朝ランで汐《うしお》に渡すポカリと、適当な夜食を買うつもりでいる。コンビニよりもスーパーで買うほうが安く済む。

時刻は二一時を過ぎていた。

外は冬を間近に感じる寒さだ。秋も、じき終わる。

文化祭が終わってから時の流れが速く感じる。過ごしやすい陽気はすぐに過ぎ去り、今年もまた凍えるような冬が来る。楽しい時間は長く続かないのがこの世の不文律だ。せめて気分のいい時間を謳歌《おうか》し、いずれやってくる苦難に備える。それが世の中を上手《うま》く生きるコツなのかな、と最近は思う。

しばらく国道沿いに走ると、スーパーの看板が見えた。駐車場に入り、出入り口の近くに自転車を停める。

店内に入る。眩《まぶ》しい照明が目の奥をじんと刺激した。カゴを手に取り、早速飲料コーナーへと向かう。この時間のスーパーは、仕事帰りのサラリーマンと思《おぼ》しき人が何人かいるくらいで、閑散としていた。

五〇〇ミリリットルのポカリを二本カゴに入れる。これでも一五〇円を超えない。安い買い物だ。汐に代金を請求するつもりはなく、代わりに今度、食堂で飯を奢《おご》ってもらうことを約束していた。

あとはお菓子コーナーで夜食をカゴに入れ、レジへと向かった。

会計を済ませて外に出る。駐車場の街灯の周りを、光に誘われた羽虫が飛んでいた。光につられた虫を捕食しようとしているのだ。さらに視線を上げると、白く冴《さ》えた満月が見えた。

汐は、この時間も走っているのだろうか。いや、それはないか。走るとしたら夕食の前だ。それに最近は二二時にはベッドに入ると聞いた。今ごろ部屋でのんびりしているか、あるいは入浴中かもしれない。

ぶるりと肩が震える。外は寒い。早く帰ろう。

レジ袋を自転車のカゴに入れ、俺は自転車のスタンドを上げた。

「あれ？　もしかして紙木《かみき》？」

聞いたことのある声がした。

声のしたほうを振り向く。スーパーの照明に、ぶかっとしたパーカーを着た女子が照らし出されていた。そこにいたのは真島《ましま》だった。右手にレジ袋を提げている。

「やっぱりそうだ。奇遇だねぇ。こんばんは～」

「こ、こんばんは」

つい片言になってしまう。汐《うしお》や星原《ほしはら》みたいな仲のいい友達は別として、校外でクラスメイトに会うといまだにちょっと緊張する。女子だとなおさらだ。それに真島は、大体椎名《しいな》と一緒にいるので、一人のときに話すのは新鮮だった。

「真島はどうしてこんなところに?」

「お使いだよ。明日の朝ご飯」

そう言って右手のレジ袋を掲げる。

「紙木《かみき》もそうでしょ?」

「や、俺は……夜食、みたいな」

「へえ、どれどれ」

真島は勝手に俺のレジ袋を探る。

「チョコボールとポカリ?　運動してないのにスポーツ飲料飲むのやめたほうがいいよ」

「これは俺のじゃなくて、人に渡すやつだよ」

「あ、そうなの？　まぁどうでもいいけど」

真島は俺のレジ袋に興味をなくすと、「じゃ、またね」とひらひら手を振って歩きだした。

俺よりも奥のほうに自転車を停めているのだろう。

「あのさ」

離れていく背中を引き止める。すると真島はこちらを振り返って首を傾げた。

——真島は、誰が世良《せら》に西園《にしぞの》の秘密を話したと思う？

そう訊《き》こうとして、やっぱり踏みとどまる。思い返せば、最初に犯人探しをやめさせようとしたのは真島だ。そんな相手に探りを入れるのは悪手だろう。うっとうしがられても文句は言えない。でも引き止めた手前、「やっぱなんでもない」とうやむやにするのは、思わせぶりで嫌《いや》だった。

「何？　なんもないならもう行くよ」

「あ、えっと……真島は西園のこと、どう思う？」

悩んだ結果、ずいぶん大ざっぱな質問になってしまった。

「えー？　どうって、難しいなあ……」

うーん、と唸《うな》って真島は腕を組む。急な質問だったが、わりと真剣に考えてくれていた。

「今のアリサは自暴自棄になってるね。そろそろ誰かが引導を渡すべきだよ」

「誰かって？」

「私とか」

意外な返答だった。

「まだ西園《にしぞの》と関わる気あったんだな」

「その言い方ちょっとひどくない？」

「いや、だってあんなことがあったから……」

西園にとっては一時の激情かもしれないが、面と向かって「嫌い」と言われたら大抵の人は傷つく。星原《ほしはら》がお人好しなのは前々から分かっていたことだが、真島《まじま》も大概なのかもしれない。

「あんなことがあっても、だよ。槻ノ木《つきのき》と仲いい紙木《かみき》にとっては楽しくないかもしんないけど、やっぱりほっとけないから」

真島はくるりと踵《きびす》を返した。そのまま帰るのかと思ったら、自分の自転車を押してこちらへ寄ってくる。

「ねえ、紙木」

真島は人なつこく微笑《ほほえ》みかける。

「ちょっと話そっか」

二人でスーパーから最寄りの公園に移動してきた。

ブランコしか遊具がない小さな公園だ。「L」を逆さにしたような街灯が、木製のベンチを照らしている。俺と真島は園内に自転車を停め、そのベンチに並んで腰を下ろした。ベンチの冷たさはすぐズボンを通して臀部《でんぶ》に伝わってくる。真島は「冷た～」と言いながら、悶《もだ》えるように足をパタパタさせた。

「ちょっと待っててくれ」

一声かけてから俺は立ち上がった。

早足で公園を出る。たしかこの辺りに……あった。煌《きら》びやかに輝く自販機へと近づき、俺は小銭を入れる。紅茶花伝とボスのカフェオレを手にして、また公園に戻ってきた。

「ん、これ」

「お！　気が利くねぇ」

真島は紅茶花伝を受け取ると、それを両手で包んだ。

「あったか～！」

喜んでくれて何よりだ。

再びベンチに座り、俺はカフェオレのプルタブを起こす。こくこくと飲んでいると、身体《からだ》が温まってきた。吐いた息が、まるでタバコの煙のように白い。

「紙木も気ぃ使えるんだね。ちょっと意外かも」

「俺はどんなヤツだと思われてるんだ」

「何考えてんのかよく分かんないヤツ……だったけど、最近はそうでもないね。思ったより話せるし、結構ストレートに言ってくるし、まぁまぁ気が使えるし」

「褒めてもらえてありがたいな」

俺はまたカフェオレを一口飲む。

「もっとなっきーにアプローチかけてみたら？」

「んぶっ」

むせそうになった。

「な、なんでそういう話になるんだよ」

「だって好きなんでしょ？　なっきーのこと。それだけ気を使えるんなら、もっとグイグイいってもいいと思うんだよね」

そういえば真島《ましま》には見抜かれていた。文化祭の前にもそのことで茶化されて、恥ずかしい思いをしたことがある。初対面のときにも感じたが、真島はこれでなかなか鋭い。

「言っとくけど、俺のはそういうんじゃないからな」

「えー、ほんとかなー？」

真島はニコニコ笑っている。まったく信じていない。

仕方ない。誤解されたままでいるのもなんだし、ここはちゃんと説明しよう。以前、蓮見《はすみ》に星原《ほしはら》への好意を見抜かれてから、俺なりに自分の気持ちを整理してみた。今なら星原のことをどう思っているのか、ちゃんと言語化できる。

「前は好きだったかもしれないけど、今は……その、恋人にしたいっていう好きよりも、友達としての好きのほうが大きくなってるような気がしてさ。保守的になってるっつーか。今でも十分楽しいから、あんまり現状を変えたくないんだよ。高嶺《たかね》の花は手元に置くより、下から見上げるのが一番だってことに気づいたんだ」

いざ喋《しゃべ》ってみると、かなり恥ずかしい。真島《ましま》に笑われないか心配だったが、意外にも神妙な面持《おもも》ちで聞いていた。

「なるほど。それは、分かるね」

「え、分かるの?」

「うん。たぶん、よくあることだよ。私にはそういう経験ないけどさ。今が楽しいなら無理に発展させる必要はないって、何度か他の人に思ったことあるから。紙木《かみき》の言い分は理解できた」

ずず、と真島は紅茶花伝を啜《すす》る。

俺は胸がすっと軽くなったような感じがした。理解者ができたことが嬉《うれ》しい。改めて言葉にすることの大事さを再認識できた。

「まぁ最後のポエムはちょっと意味分かんなかったけど」

「ポエム言うな」

こ、こいつ……いや俺もちょっとクサいかなとは思ったけど。ポエムって言うほどじゃないだろ。

「でもさ、それがずっと続くとはかぎらないよ」

「え？」

「もし紙木がなっきーに告白されたらどうする？」

「え!?」

俺はカフェオレを落としそうになった。

「そ、そんなこと……あり得ないだろ」

「いやいや、あり得ないってことはないでしょ。今、なっきーの一番近くにいる男子は紙木なんだから」

考えてみればそうかもしれない。毎日のように一緒に下校しているし、学校内でもよく話す。だが星原《ほしはら》が好きなのは俺ではなく、汐《うしお》だ。他でもない本人がそう言っている。

……今も、同じなんだろうか？

ここ数か月、星原からその手の相談を受けていない。汐とはあくまで友達の距離感で仲よくやっているし、汐を見る目に恋愛的な熱を感じたこともない。むしろ最近は、俺と汐をくっつけるような素振りすらあった。

もしかして、俺が知らないあいだに汐のことを諦《あきら》めたのだろうか。今度、訊《き》いてみよう。

「もしなっきーの告白を紙木が受け入れるとしたら、それって結局は友達としての好きとかどうとかじゃなくて、告白するのが怖かったってだけの話になるよね。そこらへん、しっかり考えといたほうがいいかもよ。自分の気持ちを偽りたくないならね」

「……肝に銘じとくよ」

うんうんと真島《ましま》は頷《うなず》く。と思ったら、急に気が抜けたように「うへへ」と照れくさそうに笑った。

「やべ〜。なんか恋愛アドバイザー？　みたいなこと言っちゃった。さっきの私、すっごい上から目線だったね。やっぱ忘れて」

「いや、覚えとくよ。ためになる話だったし。名乗っていいと思うぞ、恋愛アドバイザー」

「それはちょっとバカにしてるでしょ」

頬《ほお》を膨らませる真島。いつもからかわれてばかりなので、ちょっとした仕返しだ。

「ていうか、こんな話がしたくて紙木《かみき》を呼んだんじゃないよ」

仕切り直すように真島が言う。

そういや真島はどうして俺を呼び止めたのだろう。星原《ほしはら》の話に夢中で気に留めていなかった。

「アリサのことだよ」

少し、声のトーンが落ちる。

「紙木はさ。たぶん、アリサのことが嫌いだよね」

どちらかといえばそうだが、はっきり肯定するのは気が引けた。たぶん真島は、今でも西園《にしぞの》のことを友達だと思っている。

真島は俺の返事を待たずに続けた。

「まぁ嫌いになるのが自然だよ。紙木にも槻ノ木《つきのき》にも、たくさんひどいことしたからね。それに関しては百パーセントアリサに非があるし、それを見過ごしてた私も悪い。今回の件も発端はアリサだから、やっぱり紙木としては同情できないと思う」

それでもね、と言って真島は続ける。

「私はアリサのこと、見放す気にはなれないんだよ」

真島は静かに紅茶花伝を口に含んだ。

「椎名《しいな》のことがあるからか？」

「シーナ？　……ああ、アリサが三角定規でストーカー野郎を撃退した話？　それもあるけど、私のはもっと前だね」

「前？」

「小学生のとき。言ったっけ？　私とアリサは同じ小学校だって」

だいぶうろ覚えだが、椎名がそう言っていたような気がする。

「えっと、仲よくなったのは中学からじゃなかったっけ……」

「そうだよ。小学生のときはほとんど話したことなかった。でもね、アリサのことで一つだけはっきり覚えてる出来事があるの」

真島はベンチの背に深くもたれて、膝《ひざ》の上に載《の》せた紅茶花伝に視線を落とす。

「小学三年生のときだったかな。私とアリサは同じクラスで、その日は授業参観だったの。私のお母さんも来てた。それが初めての授業参観ってわけじゃなかったから、みんな結構落ち着いててね。そんなはしゃぐ子もいなかったと思う。それで何事もなく授業が終わろうとしたら、急にアリサが泣きだしたんだよ」

俺は黙って話を聞く。

「もうね、すごかったよ。尋常じゃない大泣きだった。周りの目とか気にする余裕もなかったんだろうね。顔、ぐちゃぐちゃにして、大号泣。なんの前触れもなかったから、先生とかめっちゃ困惑しててさ。泣き止《や》ませようとするんだけど、全然落ち着かなくて。クラスメイトも周りの親も、みんな心配してた。結局、先生が保健室に連れてって、その場は収まった」

真島《ましま》は一息ついて、続ける。

「たぶん、アリサの親は来てなかったんだよ。あの場にいたら、さすがに心配して声をかけるくらいしてたと思うし。詳しい事情は知らないんだけど……赤ちゃんみたいに泣きじゃくってるアリサが、すごく可哀想《かわいそう》に見えてさ。その姿が目に焼き付いちゃって、今でも忘れられないんだよ」

「……それが、西園《にしぞの》を気にかける理由か？」

「まぁ、そんなとこ」

真島は紅茶花伝に口をつけ、一気に飲み干した。空になった缶を両手で握り、ぺこ、と凹《へこ》ませる。

「これは私の勝手な想像なんだけど……アリサって、見捨てられるのをすっごく怖がってるんだと思う。なんだかんだなっきーに甘かったのは、あの子が頻繁に声をかけてくれたからなんじゃないかな」

「……そうか」

と頷《うなず》いてみたものの、正直、あまり納得はできなかった。

西園も西園で、いろいろあるんだとは思う。けど……。

「事情のない人間なんていない」

極端な話、連続殺人犯みたいな人種も例外ではない。親に虐待されていたとか、最愛の人に裏切られたとか、そんな悲しい過去があるから、道を踏み外したのかもしれない。その気になれば、どんな悪人に対しても同情の余地を見出すことができてしまう。

事情を酌むことは大切だ。でも、悪いことは悪いことだ。西園が過去に寂しい思いをしていようが、誰かを救っていようが、汐《うしお》にしたことは変わらない。だから、俺の考えも変わらない。

「アリサを許してほしくて話したわけじゃないよ。ただ、紙木《かみき》には知っておいてほしかっただけ。本当に、それだけだよ」

真島は紅茶花伝の空き缶をひゅっと投げた。空き缶は吸い込まれるように数メートルの先のゴミ箱に収まる。さすがソフトボール部のキャプテン。大したコントロールだ。

さて、と言って真島《ましま》は立ち上がる。

「そろそろ帰らなきゃ。親が心配しちゃう」

俺もぬるくなったカフェオレを飲み干し、立ち上がった。

互いに自転車のもとへと寄る。俺と真島の家は反対方向みたいだ。

「じゃ、またね。……あ、そうだ。連絡先、交換しとこっか。最近よく話すし」

「ああ」

互いに携帯を取り出して、アドレスと電話番号を交換する。女子の連絡先が俺のアドレス帳に登録されるのは星原《ほしはら》以来だ。ちょっと嬉《うれ》しい。

「これで紅茶花伝の奢《おご》りはチャラね」

「連絡先がジュース一本分の値段か……高いんだか安いんだか」

「何言ってんの。破格だよ、破格。紙木《かみき》は自分の幸運をもっと自覚しなー」

そう言いながら真島は携帯をしまい、サドルに跨《また》がった。

それじゃ、と互いに別れの挨拶《あいさつ》を交わして、俺たちはそれぞれの帰路についた。

俺は自転車を漕《こ》ぎながら、真島の話に思いを巡らせる。

仮に西園《にしぞの》の悪行が彼女の弱さから生じたものであっても、やっぱり同情はできない。事情のない人間がいないのと同じように、弱さを抱《かか》えていない人間もいない。誰にでも無力感や自己嫌悪で死にたくなる瞬間はある。完璧《かんぺき》な高校生だと思われていた汐《うしお》だってそうだろう。眠れない夜を過ごした経験は、幾度となくあるはずだ。

それでも汐は、自分と向き合って傷だらけになりながら進んでいる。どんな事情があっても、その崇高《すうこう》さに唾《つば》を吐きかけていい理由などない。

けど。

もし西園が過《あやま》ちを認めて、ちゃんと汐に謝ったら、そのときは――。

まぁそれは俺ではなく、汐が決めることか。

俺は、自転車のギアを一つ上げた。

＊

冷たい風が頬《ほお》を撫《な》でる。

その日も俺は汐のランニングに付き合っていた。太陽が顔を出したばかりの早朝に、たったったったっとテンポのいい足音が一帯に響く。踏みだすたび揺れる襟足は、薄明に照らされて絹糸のように輝いていた。

あんまり汐のほうを見ながら自転車を漕いでいると河川敷に落っこちそうなので、俺は視線を前に固定する。

「ついに明日だな」

「うん」

心なし、汐《うしお》のペースはいつもより速く感じた。緊張しているようには見えなかったが、心は波立っているのかもしれない。負けたときのことを考えれば、多少は神経質にもなるだろう。

「コンディションはどうだ?」

「悪くないよ。ブランクが完全に埋まったわけじゃないけど、思ったより走れる。あとは風助《ふうすけ》の調子次第かな」

「そうか」

それでも勝率は五割のまま? とは怖くて訊《き》けなかった。

もし汐が陸上部に戻ったら、俺と星原《ほしはら》と汐の三人で下校するのは難しくなる。せっかく最近は何事もなく仲よくやれているのに、能井《のい》のせいで引き裂かれるのはごめんだ。勝負なんか受けないほうがいいと常々思うのだが、汐の意志は変わらない。

もどかしい。

俺にできるのは、ポカリを用意するか、邪魔にならない程度に話しかけることくらいだ。それも明日で終わりだが。……あ、でも明日は能井との勝負があるし、今日で終わりか?

「そういや、汐って明日の朝も走んの?」

「いや、明日はやめとくよ。競走に疲労を残したくないから」

「そっか。じゃあ今日で最後か」

ちょっと名残惜しい。早起きのハードルさえ乗り越えれば、空気の透き通った朝に自転車を走らせるのは至福だった。汐と話すのも退屈しないし。

「また走ろうよ」

と汐が言う。俺は「そうだな」と頷《うなず》いた。

「今度は自転車なしでね」

「えっ。いや、それはちょっと……」

「自転車よりも自分の足で走ったほうがいいよ。ダイエット中なんでしょ?」

そういや汐にはそう思われてるんだった。星原のついた嘘《うそ》がこんなところまで尾を引くとは。

でもまぁ運動不足なのは否《いな》めないし、たまには走ってみるのもいいかもしれない。

「……俺が追いつけるように走ってくれよ」

「もちろん」

汐は満足そうに頷いた。

それからしばらく走ると、折り返し地点が見えてきた。そばを流れる一級河川にかかった橋がそうだ。あの橋を渡ってUターンし、帰り道にある公園でストレッチをするのがいつもの流れだった。

けど汐は、その橋を通り過ぎた。

「渡らないのか?」

「最後なんだし、今日はもうちょっと頑張ってみる」

そう言うと、汐《うしお》はぐんとペースを上げた。俺はギアを上げて、ペダルを踏み込む。

汐の呼吸の間隔は短くなり、腿《もも》が高く上がる。風を切るようなスピードだ。なのに汐からは、まったく疲労を感じられない。むしろ清々《すがすが》しいオーラを全身から発していた。

今は話しかけないほうがよさそうだ。汐も走るのに集中している。

俺は汐の背後に移動して、追いかける形を取った。

……しかし、ほんと気持ちよさそうに走るな。

いつから汐は走るのが好きになったんだろう。かなりうろ覚えだが、小学二年とか三年の頃《ころ》は、運動自体あまり好きそうではなかった。当時の汐は運動場の端っこでかくれんぼをしたり、枝で地面に絵を描《か》いたりしていた記憶がある。

それが、いつからか駆けっこで一位を取るようになり、一気にクラスで人気を博した。俺の知るかぎり、そこからめきめきと頭角を現していった。

みんなが気づかなかっただけで、元々カリスマ性はあったんだろうか。それとも、足の速さも、人に好かれる振る舞いも、努力で獲得したものなんだろうか。

灯台下暗しとでもいうのか、幼馴染《おさななじみ》なのに知らないことが多い。別に大して気になるわけでもないけど、いずれ知る機会があればいいな、と思う。

「……あ」

そういえば。

自転車を漕《こ》ぎながら素早く腕時計で時刻を確認する。……もうこんな時間か。

「汐！　そろそろ引き返そう」

俺が声をかけると、汐は徐々にスピードを落として、徒歩になった。俺も自転車を降り、汐の隣に並ぶ。血色がよくなって赤らんだ頬《ほお》に、一筋の汗が伝っていた。俺はタオルを汐に差し出す。

「ありがと。今、何分？」

「六時五〇分」

「ほんと？　しまった……熱中しすぎたな」

汐は汗を拭《ふ》きながら足を止めた。

さっきと同じペースで引き返しても、いつもより二〇分は遅れそうだ。それにハイペースで走ったせいで、汐の息はかなり上がっている。行って帰るまでが朝ランとはいえ、これは結構しんどいものがある。

「よかったら後ろ乗ってくか？」

俺は自転車の荷台を顎《あご》で指した。

「いいの？」

「ああ。こっちのほうが速いし楽だ。それにここらへんは車の通りもないし、警察には見つからないだろ」

うーん……と汐《うしお》は悩ましげに唸《うな》った。

言うまでもなく二人乗りは違反だ。警察に見つかると、最悪の場合、親に連絡がいく。まぁ大人しく従えば注意されるだけで済むが、あまり気分のいいものではない。真面目《まじめ》な汐にとっては抵抗が強いかもしれない。

「もちろん、無理にとは言わないけどさ」

「……いや。せっかくだし、お願いしようかな」

やや遠慮がちに、汐は誘いに乗った。

「あ、でもその前にストレッチだけやっとくね」

「ん、了解」

汐はタオルをカゴに戻すと、その場で身体《からだ》をほぐし始めた。時間がなくてもストレッチを欠かさないのはさすがだ。

数分でストレッチを終えると、俺のほうを見て照れくさそうに頬《ほお》をかいた。

「それじゃあ……お願いします」

「そんな畏《かしこ》まらなくても」

俺は苦笑しながらサドルに跨《また》がる。すると汐は横から荷台に腰掛けた。お尻《しり》を浮かせて最適な位置を探り、少し深めに座ったところで落ち着く。

「じゃ、出発」

俺はペダルを踏み込む。

二人乗りなんていつ以来だろう。思ったよりペダルが重くて、出だしでふらつく。汐が俺の肩をぎゅっと掴《つか》んだ。

「大丈夫？」

「へ、平気平気」

ちょっと強がりながら答えた。平静を装いながら、太ももに力を込める。加速するに従って安定してきた。スピードにさえ乗れたら、あとはこっちのものだ。

ギアを上げて、さらにスピードを上げる。このペースなら余裕を持って家に着きそうだ。川沿いの一本道を、快調に進んでいく。

「おー、速い」

汐が楽しそうな声を出す。

これぞ青春、って感じがした。夏休みに遠出したときも、文化祭の準備をしていたときも、そんな実感は湧《わ》かなかったのに。なぜだか今は、強く感じた。

少し考えてみて、悪いことをしているからかな？　と俺は思った。たかが二人乗りといえど、一応は道交法違反だ。つまり俺と汐は共犯となる。そのドキドキを、青春だと錯覚しているのかもしれない。

だとしたら、青春ってものの本質は、背徳感だったりするのかも。

そんなことを考えていると、道路の陥没にタイヤを取られて、ガタン、と自転車が跳《は》ねた。

「いだっ」

汐《うしお》が小さな悲鳴を上げる。

「わ、悪い。見逃してた」

「あはは……大丈夫。ちょっとびっくりしただけ」

「や、マジで気をつける……転んだらしゃれにならないからな」

明日に能井《のい》との勝負を控えている。そうでなくても怪我《けが》をさせたら大変だ。

少しだけ速度を緩めると、汐の肩が俺の背中に触れた。慣性がかかるほどブレーキをかけたわけではない。それにすぐ離れようともしなかった。となれば、汐が自分の意思で寄りかかったのだ。汐の体重を、背中に感じる。

「咲馬《さくま》は、優しくなったよね」

囁《ささや》くように汐が言う。

ふと、俺は侘《わび》しい気持ちに襲われた。汐の言葉が、胸にわだかまる。

汐にならら、際限なく優しくできる。

それは汐が理解しているからだ。俺に下心がないことを。

星原《ほしはら》には、たぶん、ここまで優しくはできない。単なる好き嫌いの話ではなくて、気があると思われるのが怖いからだ。下心を疑われ、友達の関係に亀裂《きれつ》が入ることを、恐れている。だから優しさにセーブをかけてしまう。

でも、汐にはそれがない。

優しさを優しさのまま、受け止めてくれる。打算を勘ぐられる心配をしなくていい。

俺は、それが嬉《うれ》しい。

……ただ。

この優しさには、ほんの少しの罪滅ぼしが含まれている。

かつて汐を振ったこと、無知な振る舞いで苦しめたこと。その二つに対する罪悪感が、俺の背中をぐいぐいと押す。汐は鋭いから、そのことに気づいているかもしれない。分かっていて、俺の罪滅ぼしに付き合ってくれているのかもしれない。だから俺が買ってきたポカリを、毎回喜んで受け取ってくれるのかもしれない……。


このままでいいのかな?


また、無意識に汐を苦しめてはいないだろうか。

たまに不安になる。だけど汐が笑ってくれているなら、間違ってはいないはずだ。そもそも正しいとか間違ってるとか、そんな二元論で語れるような話でもないんだろうけど。

「あ、そうだ」

ふと、あることを思い出す。

「汐《うしお》が能井《のい》に勝ったら、なんかやるか」

「なんかって？」

「なんでもいい。星原《ほしはら》も呼んで三人でお祝いするとか。あと、夏休みのときみたいに遠出するのもいいな。何かしてほしいことあるか？」

「してほしいこと……」

汐は言葉を止める。考えているようだ。

思いのほか長い沈黙を経て、汐は答える。

「それ、勝ったときに考えてもいい？」

「いいよ。ちなみに予算は五千円以内な」

「そんなお金がかかること言わないよ」

「だろうな。汐はハーゲンダッツじゃなくてパピコ選ぶくらいだし」

「それ、夏休みのこと？　よく覚えてるね。ていうか、分かってるならなんで言ったのさ」

「言ってみただけだよ」

「あっそ」

ごん、と肩甲骨《けんこうこつ》の真ん中に、軽く頭をぶつけられる。

気がつくと、空は燃えるような朝焼けから澄んだ綺麗《きれい》な青に変化していた。雲一つない大空を、渡り鳥たちがV字の隊列を組んで南に向かっている。

今日もいい天気だ。

「ぼくがパピコを選んだのはね」

風にかき消されてしまいそうな、ともすれば独り言のような小さな声で、汐は言う。

「咲馬《さくま》と二人で分け合えるからだよ」

一瞬、ペダルを漕《こ》ぐ足が止まりそうになった。

その言葉に、俺はなんて返せばいいのか分からなくて、

「そっか」

結局、気の抜けた相槌《あいづち》を打つことしかできなかった。

もうじき、住宅街に入る。


能井との勝負は、明日の放課後に行われる。汐は今夜も走るみたいだが、俺にできることは今朝で何もなくなった。あとは信じて見守るだけだ。

今日の昼休みも、俺は蓮見《はすみ》と同じ机で弁当を食べていた。教室は昼休みらしい賑《にぎ》やかさに包まれている。今日も平和だ。それに世良《せら》が来ないことの安心感も大きい。

ただ、居心地がいいからこそ、一人の問題児のことがやけに気になってしまった。

言うまでもなく西園《にしぞの》のことだ。

刺々《とげとげ》しい態度は一向に軟化することなく、今もあらゆる対象に憎悪を振り撒《ま》いている。生徒だけではなく、先生に対してもそうだ。人間不信が極まっていた。以前までは生きづらそうだなぁと思うくらいだったが、真島《ましま》の話を聞いてからは、少しだけ見る目が変わった。

……まぁ、変わっただけだ。

西園に歩み寄るつもりはない。特に、汐《うしお》の前では。

俺が西園ことを気にかけたら、たぶん汐は嫌《いや》な気持ちになる。以前、世良《せら》が西園にやったことと同じだ。自分の好きな友達と嫌いな人が仲よくしていたら、ものすごく、モヤる。だから今は、何もしない。

「あの、槻ノ木《つきのき》先輩いますか？」

西園を観察していたら、そんな声が聞こえた。

一年生と思《おぼ》しき男子が、教室のドアから顔を出している。細いフレームのメガネをかけた、真面目《まじめ》そうな男子だ。イケメンというほどではないにせよ、精悍《せいかん》な顔つきをしている。

槻ノ木先輩、と言っていた。汐の知り合いだろうか。

「佐原《さはら》くん？　何か用？」

佐原、というのがその男子の名前らしい。汐は星原《ほしはら》との食事を中断して、佐原のもとへ歩み寄った。警戒する素振りもないので、世良や能井《のい》みたいな嫌いな相手ではないようだ。

汐と向き合うなり、佐原は分かりやすく視線を泳がせた。

「実はその……能井先輩のことで、話がありまして」

汐は眉《まゆ》を寄せる。

「風助《ふうすけ》がどうかしたの？」

「えっと……すみません。できれば人のいないところで話したいのですが」

「分かった。ちょっと待ってて」

汐は一旦《いったん》自分の席に戻ると、星原に一声かけて、それから佐原と教室を出た。

能井の話。なんだろう。明日の勝負のことだろうか。

「珍しいな。槻ノ木に世良以外の客って」

目の前で食事をしている蓮見《はすみ》が言った。

「今の、同じ陸上部だったヤツか？」

「あれ、知らないの？」

「蓮見は知ってるのか？」

聞き返すと、蓮見は意外そうな顔をした。

「佐原ってあれだよ。陸上部の次期エースって呼ばれてるヤツ。全校集会で何度か表彰されてたから知ってると思ったけど」

「あー……言われてみれば、見たことあるような」

全校集会のときは大体脳のスイッチを切っているので、ほとんど何も覚えていない。

「その佐原《さはら》が能井《のい》のことで話か……なんか不穏だな」

「気になるなら様子でも見てきたら？」

ううん、と俺は唸《うな》る。

盗み聞きするのは気が引けるし、そもそも二人がどこに行ったか分からない。これがもし呼び出したのが能井本人なら、後をつけるか同行を言い出していただろうが、相手は汐《うしお》の後輩だ。そこまで心配しなくていいはず。

「別にいいや。あとで汐から聞く」

あっそ、と蓮見《はすみ》はどうでもよさそうに返事をして、玉子焼きを囓《かじ》った。

それから五分ほど経《た》つと、汐は一人で戻ってきた。無表情ですたすたと自分の席へと向かい、椅子《いす》に腰を下ろす。待っていた星原《ほしはら》が「何話してたの？」と訊《き》いた。

「えっと……報告、みたいな感じかな」

「報告？」

首を傾げる星原。さらに質問を重ねたが、そこから先の会話はよく聞き取れなかった。まぁ別に構わない。どうせ放課後になったら詳しく事情を聞けるだろう。


——と、思っていたのだが。

放課後が訪れ、俺と汐と星原の三人で下校するときになっても、

「そんな大した話じゃないよ」

と汐は答えるだけで、何も詳細を教えてくれなかった。

当然、俺も星原も訝《いぶか》しんだ。自然に話を聞き出そうとしても、汐はのらりくらりと話題を変えた。明らかに様子がおかしい。思い返せば、五時間目、六時間目のときもそうだった。授業中、汐はやけに上の空で、先生に当てられても珍しく回答できずにいた。

原因は、あの一年生以外にあり得ない。能井の話ってなんなんだろう。明日の勝負に関係する話なんだろうか。これほど気になるなら昼休みのとき後をつければよかった。

疑問を抱《かか》えたまま夜になる。そろそろ寝ようとベッドに潜り込もうとしたら、星原から電話がかかってきた。

案の定、汐の話だった。

『めっちゃ気になるんだけど！』

スピーカー越しに星原の甲高《かんだか》い声が届く。

「俺もだよ。でも本人が話したがらないからなぁ」

『そうなんだよね～。なんでだろ？　人に話せないようなことなのかな？』

「たとえば？」

『実は……能井《のい》くんの家に死体が隠してあるとか』

「たしかにそれは人に言えないな……って、んなわけないだろ」

ノリツッコミできるくらい星原《ほしはら》と打ち解けられたことに、俺はまったくの場違いながら成長を実感する。

「普通に事件だし、なんでそれを一年生が知ってるんだ。そもそも汐《うしお》じゃなくて警察に言うだろ」

『いやあ、この前読んだ小説がそういう設定だったから……』

小説、の言葉にピクッと耳が反応する。

「へえ、ミステリー？　ていうか今でも小説読んでたんだな」

『読んでるよ！　読書の秋だから最近また読み始めたの。今度オススメ教えて〜二〇〇ページくらいでサクッと読めるヤツ』

「いいよ。探してリストアップしとく」

『ありがと！　じゃあ話戻すね』

もう少し小説の話をしたかったのだが、あっさり流されてしまった。寂しい。でも星原が今でも小説を読んでいたのは嬉《うれ》しいニュースだ。読書は俺と星原を繋《つな》げてくれた趣味なので、これからもたくさん読んでほしい。

『死体は冗談として、なんなんだろうね。汐ちゃんは報告って言ってたけど』

「うーん……能井《のい》が陸上部でなんかやらかしたとか？」

『だったら私たちに教えてくれてもいいと思うけど……』

「だよなぁ……」

二人であれやこれやと推理してみたが、どれもしっくり来なかった。夜は更けていく。

「いっそあの一年生に聞いてみるか？　佐原《さはら》、だっけ」

『あ、それならもう聞いてみたよ』

「え、マジで？　いつ？」

『二時間くらい前にメールで。陸上部の友達に佐原くんのアドレスを教えてもらったの。あ、一応汐《うしお》ちゃんには内緒にしててね……？』

「お、おう……それはいいけど」

星原《ほしはら》の人脈すごいな……いや、すごいのは行動力か。佐原と面識があるわけでもないだろうに、よく当日中にメールを送れるものだ。俺には絶対に無理だ。

「それで、佐原はなんて？」

『言えませんだって』

「まぁそりゃそうか」

なんとも呆気《あっけ》ない。

スピーカーの向こうでぽすんと音がした。星原がベッドに寝転んだのだろう。わずかにスプリングのたわむ音が聞こえた。

『そのうち汐ちゃんのほうから話してくれたらいいけど……明日の勝負もどうなるかって感じだし……はぁ～』

長いため息。汐のことで頭がいっぱいみたいだ。

佐原の連絡先を聞いたのは、星原にとっても思い切った行動だったのかもしれない。いくら星原といえど、連絡先も知らなかった一年生に踏み込んだ質問をするのは、勇気が必要だったはずだ。

その行動力の源は、友情か、それとも。

「星原ってさ」

『んー？』

間延びした返事。

言葉を続けようとして、やっぱり思いとどまる。

「……ごめん、なんでもない」

『ちょっと～そういうのめちゃくちゃ気になるんですけど～』

「いや、今するような話でもないと思って」

『えー、言ってよ。これ以上気になること増えたら眠れなくなっちゃうよ』

駄々をこねるように星原は言う。これは思わせぶりなことをした俺が悪い。話すしかないか。

「星原《ほしはら》って、今は汐《うしお》のことはどう思ってる？」

『ん？　どうって………あ』

突然、スピーカーの向こうが静かになる。喋《しゃべ》るのをやめたどころか、動きすら止めたような。

「星原？」

『そういや、紙木《かみき》くんには言ってなかったね』

「えっと、何を？」

すう、と短く息を吸う音が聞こえた。何を話すつもりなんだろう。スピーカー越しに緊張感が伝わってきて、俺は背筋を伸ばした。

『私、汐ちゃんに好きって言ったの。文化祭の日にね』

「えっ」

衝撃的な発言に言葉が詰まった。

『でも、私じゃダメだった。それでも汐ちゃんのことは今でも友達として大好きだよ。それは紙木くんも見てたら分かってくれてると思うけどさ』

「そ、そうか……それは、なんというか……」

ダメだった、ってことはつまり失恋したわけで……あれ？　結局、星原の好きって恋愛的な意味での好きだったのか？　でもさっき、今でも友達として大好きって……混乱してきた。

もうちょっと詳しく聞きたいところだが、この話を掘り返すのはおそらく相当デリカシーに欠ける。もう終わった話なのだし、ここはさらりと受け流したほうがよさそうだ。

「……お、お疲れ様？」

『あはは、軽いな～』

しまった、言葉を間違えたかも。慌てて訂正しようと他の言葉を考えていたら、なぜか星原のほうから「ごめんね」と謝ってきた。

『これ、すぐ言ったほうがよかったよね。黙ってたわけじゃないよ、本当に忘れちゃってて』

「いや、それは全然……。話しにくかっただろうし、別に謝んなくていいよ」

『そう？　だったら……まぁ、そういうことです！』

明るい声音《こわね》。胸を張る星原が脳裏に浮かんだ。

気まずさを引きずったり落ち込んだりしている雰囲気はまったくない。星原は完全に受け入れているみたいだ。なら俺も今までどおりで大丈夫だろう。そもそも文化祭が開催されたのはもう二か月ほど前だし、そんなことを気にするのも今さらか。

「じゃあ、あれだな。星原の相談役も卒業か……」

『何言ってんの、紙木くん。今も続いてるじゃん』

首を傾げそうになったが、ああたしかに、とすぐに納得する。今まさに星原の相談に乗っているようなものだ。

「そうだな。俺でよければいつでも相談に乗るよ」

『お、頼もしい～。そうしてくれると嬉《うれ》しいよ』

俺もだ。星原《ほしはら》の相談役という立場でいられることは、本当にありがたい。ただの友達以上の関係になれているような感じがする。

しみじみと星原の言葉を噛《か》みしめていたら、控えめなあくびが聞こえた。

『いろいろ話したらちょっと眠たくなってきた……』

「もう寝るか。今日の昼休みのことは、一旦《いったん》忘れよう」

『ん～、そうだね。話さないのには何か理由があるんだろうし……汐《うしお》ちゃんを信じるよ』

「ああ。俺もそうする」

おやすみ、と言葉を交わして、通話を切った。

歯がゆい思いをしているのは俺も同じだ。本気で能井《のい》の妨害を考えたこともあるくらいだった。バレたときのリスクと道徳的な観点から結局やめたが。

泣いても笑っても、結果は明日で決まる。

＊

今日は真冬並みの気温だと、テレビでお天気キャスターが言っていた。急速に発達した低気圧が日本列島を飲み込むように北上しており、ここ椿岡《つばきおか》高校の上空も、重い鈍色《にびいろ》の雲に覆われている。一応、夜にかけて天気は回復する見込みらしいが、今のところそのような兆候はない。しかも、風がやたらと強かった。胸元のネクタイが風に吹かれて暴れている。

すでに下校ラッシュを終えて、校門の前は閑散としている。俺と星原は、互いにジャージ姿で対面する汐と能井を、固唾《かたず》を呑《の》んで見守っていた。この場には見知った顔の他に、能井が連れてきた陸上部の男子がいる。

「藤瀬《ふじせ》は念のためだ」

能井がその男子を顎《あご》で示す。藤瀬というらしい。知らない顔だった。能井の態度を見るに、たぶん一年生だ。スポーツ刈りでガタイがよく、石のように佇《たたず》んでいる。ここに来てから一言も言葉を発していない。

能井は俺たちを一瞥して、また汐に向き合う。

「こいつらと口裏合わせて周をごまかしたりすんなよ。藤瀬が見張ってるからな」

「そんなことしない」

「はっ、どうだか」

不正を警戒している。それは正面から競えば勝てるという自信の裏返しだろう。強気な態度に、俺は気後れしそうになる。だが汐は能井に気圧《けお》されることなく、毅然《きぜん》とした面持《おもも》ちを崩さなかった。

「齟齬《そご》がないようルールを確認しておきたいんだけど」

「いいぞ」

「学校の外周を六周。スタートとゴールは校門で間違いないよね？」

椿岡《つばきおか》高校の外周は八〇〇メートル余り。六週すれば、ほぼ五〇〇〇メートルだ。外周は舗装された田んぼ道で、信号はなく、交通量も少ない。ランニングには打ってつけだ。

「そうだ。陸上トラックで走りたいならそっちでもいい。うちの練習が終わるまで待ってもらうけどな」

「別にいいよ。ここでさっさと終わらせよう」

汐《うしお》がストレッチを始めようとすると、「まぁ待てよ」と能井《のい》が止める。

「俺からも確認しておきたい。俺が勝ったら、お前に男子陸上部に戻ってきてもらう。それでいいな？」

「うん。風助《ふうすけ》も、ぼくが勝ったら約束を守ってもらうよ」

「あ？　約束？」

能井はきょとんとした顔をする。

「な……言ったはずだよ。謝ってもらうって」

「ああ、そういや言ったな。普通に忘れてたわ」

一ミリも悪びれていない様子だ。ほんと腹立つなこいつ……大事な約束を忘れるなんて。

ただ今のは俺よりも汐のほうが気に障ったようだ。眉間《みけん》に皺《しわ》が寄り、明らかな苛立《いらだ》ちを見せる。能井相手だと冷静さを失いがちだ。

「……やっぱり、それだけじゃ足りない」

恨みのこもった声で能井に言った。

「ぼくが勝ったら、咲馬《さくま》にも謝ってもらう」

突然自分の名前が出てきて驚く。俺にも？

汐から能井に視線を移すと、目が合った。そして憎たらしそうに顔を歪《ゆが》める。

「またこいつか……お前ら、デキてんの？」

「咲馬を突き飛ばしたこと、覚えてるでしょ。そのことを謝ってもらうだけだよ」

「今のは汐じゃなくてこいつに聞いたんだ。おい、どうなんだよ」

さっさと答えろ、と詰問する。

こいつはいちいち突っかかってこないと落ち着かないのだろうか。能井といい西園《にしぞの》といい、どうして他人にわざわざ喧嘩《けんか》を売るような真似《まね》をするのだろう。どうして嫌いな人間にそれほど執着するのだろう。どうしてかぎられた時間を、自分とは異なる考えの者のために費やすのだろう。

俺には分からない。分かりたくもない。

「……汐の言ったとおりだ。そういうのじゃない」

「ま、そうだよな」

一転して、能井《のい》はあからさまに軽蔑《けいべつ》の眼差《まなざ》しを向けてきた。

「男なのに女の格好してるヤツなんて、気持ち悪いよな」

カッと頭に血が上る。

沸騰した思いが口を衝《つ》く——その寸前でぐっと堪えた。これは挑発だ。単に俺を不快にさせたいだけ。まともに相手をしたところで、時間の無駄でしかない。

そのうえで、俺は反駁《はんばく》する。汐《うしお》をバカにされて受け流すことはできない。

「……気持ち悪いのはお前のほうだろ」

「なんか言ったか？　よく聞こえなかったんだが」

能井が距離を詰めてくる。至近距離から俺を見下し、肩を怒らせた。どうせただの威嚇《いかく》だ。こいつは西園《にしぞの》とは違う。人を殴る度胸はない。

「汐は部活も男もやめたんだ。だからもう、ねちねち悪口言わないですっぱり諦《あきら》めろ。前から思ってたけど、お前、未練がましい元彼みたいだぞ」

「んな……」

元彼、の一言が効いたらしい。肩を震わせ、能井は勢いよく俺の胸ぐらを掴《つか》んできた。

「ふざけんな！　誰が、こんな……」

「否定したいなら付きまとうのやめろよ。ケジメだのなんだの言って結局お前は汐に見放されたことが悲しかったんだろ？　でも素直に言えないから、汐にちょっかいかけてるんだ。違うかよ」

「お前……！」

能井が右手を振りかぶる。今まで狼狽《ろうばい》しながら様子を見ていた星原《ほしはら》が、ひゃ、と小さく声を上げた。そのとき。

「もういいでしょ。さっさとやろう」

汐が能井の腕を掴んだ。

能井は恨みがましく俺を睨《にら》みながら、行き場を失った拳を渋々下ろす。そして突き放すように俺の胸ぐらから手を離した。殴られずに済んでよかった……とひそかに安堵《あんど》する。

「お前はそこで汐が負けるとこよく見てろ」

そう言い放つと、能井は改めて汐に向き直った。

「絶対ぶち抜いてやるからな」

「やってみなよ」

二人は互いに背を向け、その場で黙々とストレッチを始めた。

風は吹きすさみ、どこからともなく枯れ落ちた葉が足下《あしもと》を滑り抜けていく。俺は昔観《み》た西部劇を思い出した。一騎打ちを始める前のガンマンが銃の調子をたしかめるあの時間。今がまさに、そんな感じだった。

汐《うしお》と能井《のい》は校門に立つ。門扉をスライドさせるレールがスタートラインだ。合図は能井が連れてきた藤瀬《ふじせ》が行うことになっていた。

「位置について」

二人は足先をレールに合わせると、同時にスタンディングスタートの姿勢を取った。

緊張の糸が、ピンと張り詰める。

「よーい、ドン」

汐と能井の勝負が始まった。

これは五〇〇〇メートル走だ。陸上競技には大して明るくないが、最初のほうはマラソンみたいに固まって走ることになるだろう。レース展開が表面化するのは、おそらく最後の一周から……そう考えていた。

だが汐は、スタートして間もなく能井の前に出て、どんどん距離を離していく。これが短距離走なら喜んでいられるが、残念ながらそうじゃない。終盤まで体力が持つのだろうか。星原《ほしはら》も同じ不安を抱いているようで、離れていく汐を心配そうに見つめていた。

「大丈夫なのかな、あんなに飛ばして……」

「たぶん、何か作戦があるんだろ。最初にできるだけ距離を離しといて、あとは逃げ切るみたいな……」

「だといいけど……」

ちら、と星原はそばに立つ藤瀬を見やる。能井が連れてきた陸上部の男子。もしかすると、星原は彼に解説を求めているのかもしれない。だが藤瀬は、ここまで最低限の発言しかせず、まるでベテランのガードマンみたいな近寄りがたい雰囲気を纏《まと》っている。あまり気軽に話しかけられる感じではない。

結局、星原は横目で見ただけで声をかけることなく、汐に視線を戻した。

ランナー二人の姿は校舎の陰に隠れ、見えなくなった。

＊

――どういうことだ？

なぜ俺は離されている？　まだ最初の半周もしていない。汐のあれは、一五〇〇くらいのペースだ。たしかにその距離なら、最初に突っ放して、あとは逃げつつラストでまた踏ん張るやり方もある。けど今は五〇〇〇だぞ？　明らかに飛ばしすぎだ。

もちろん、その気になれば追いつける。だがそんなことをしても一時の安心感しか得られないし、今のペースが乱れる。だから、慌てる必要はない……と分かっていても、得体の知れない違和感がある。

思えば、一年の頃《ころ》からそうだった。

ボタンをかけ違えたシャツ、長編シリーズの並びに紛れ込んだ別の漫画、絵が合ってないのに無理やりはめ込んだパズルのピース……。そういったものと似たような、本来収まるべきところに収まっていない違和感を、俺はたびたび汐《うしお》から感じていた。他のヤツが気づいていたかどうかは知らないが。

当時の俺は、そういう違和感も含めて、汐のことをまぁまぁ気に入っていた。

下ネタの話が始まると静かに距離を取るところも、連れションには頑《かたく》なに交ざらないところも、一匹狼みたいでカッコいいと思っていた。綺麗《きれい》な顔して誰よりも走ることにストイックな姿勢も、好きだった。

汐は他のヤツとは違う。

だから俺は、お前に近づいたんだ。

話してみると、意外と人当たりがよかった。陸上の知識が豊富で、肉体管理の意識も高い。何より練習熱心なのだ。低血圧で朝起きるのが辛《つら》い、と言いつつ、誰よりも早く朝練に来ていた。負けず嫌いなところも好感が持てた。陸上部のヤツらはみんなお前のことを好きになった。そしてお前が褒められるたび、俺も嬉《うれ》しくなった。

本当に、輝いて見えたよ。

それがお前……いくら女みたいな顔してるからって、ほんとにスカートを穿《は》いてくるヤツがいるかよ。

最初はショックだった。戸惑った。どう反応すればいいのか分からなかった。そういう人がいることは知っていたが、まさか汐がそうだとは夢にも思わなかった。……いや、それは嘘《うそ》だ。正直「っぽいな」と思う瞬間は多々あった。ちょっと記憶を掘り返すだけで、汐に感じた些細《ささい》な違和感に、次々と辻褄《つじつま》が合った。頭の中で勝手に答え合わせが行われた。

だが納得はできなかった。

戸惑いの次にやってきたのは怒りだ。

――騙《だま》したな。

一年のときも二年のときも俺と汐は違うクラスだったが、部活中は誰よりも長く一緒にいた。そのあいだずっと本性を隠していたのかと思うと、裏切られたような感じがした。俺に黙って退部したことも、許せなかった。

汐がスカートを穿いてきた日。当然、その日も俺は部活に参加した。このやるせない思いを、仲間である陸上部員たちと早く共有したかった。きっとみんなも、汐の勝手な決断に怒っている。

そう、思っていた。

部室に入ろうとしたら、ドア越しに声が聞こえた。後輩たちの声だ。「槻ノ木《つきのき》先輩」と聞こえた。すでに一年生まで汐の話が伝わっているのだろう。そう思いながら、ドアを開けようとしたら、

「正直アリだよな」

と聞こえた。

俺はドアノブを握ったまま固まった。

「だってさ、槻ノ木《つきのき》先輩ってめちゃくちゃ美形だし誰にでも優しいじゃん。外見さえいいなら細かいところはどうでもよくない？」

「すげー、勇者だなお前。まぁ男ってこと知らなかったらギリいけたかもしんないけど」

嘘《うそ》だろ？

信じられなかった。正気を疑った。この二人がズレているだけか？

部室内には他にも誰かいるようだった。

「退部したの撤回してくんないかなー。てかまだ確定じゃないいんだっけ？」

「先生が言ってたから間違いないだろ。まぁ槻ノ木先輩が考えを変えたら分かんないけど」

「あ、もしかして女子陸上部に移るとか？　だったらまた会えるんだけどな」

「お前どんだけ槻ノ木先輩のこと好きすぎなんだよ」

ははは、と笑いが沸《わ》き起こる。

他の部員が来るまで、俺はその場から動けなかった。

いや……どう考えてもおかしいだろ。どうしてそんなにすぐ受け入れられるんだ？

わけが分からなかった。

一応その後、陸上部全体としては意見が分かれていることを知った。だがそれも徐々に、汐《うしお》を肯定的に捉《とら》える考え方に傾いていった。極めつけは文化祭だ。A組のロミオとジュリエットが反響を呼び、汐のことを知らなかった生徒まで、ヤツを持ち上げるようになった。そのたびに俺は居たたまれなくなった。汐がどんどん俺の知らない人間になっていくのを、歯噛《が》みしながら眺めていた。

お前の考えは差別的だ、と先輩に注意されたこともあった。

そのうち部員全員が、敵に見えてきた。

……せめて。

せめて、汐じゃなければ。

どうしてお前なんだ。

どうしてよりにもよって、誰よりも本物だと思っていた、お前が。

耐えられなかった。

苦しいのは、過去の汐と今の汐を、比べてしまうからだ。最初からあいつに気を許さなければ、これほど悩まずに済んだ。

そこで俺は考えた。

俺の中にある汐を、完全に消し去る。誰よりも陸上に真剣だった汐を打ち負かすことで、俺はようやく過去と訣別《けつべつ》できる。

つまりこの勝負は、思い出を殺す儀式だ。駅伝は口実に過ぎない。

俺は意識を現実に引き戻す。

今は汐《うしお》にリードされているが、最終的に勝てばいい。どうせ終盤で失速する。だから今は耐える。余計なことはもう考えない。呼吸に集中しろ。

三周。

四周。

五周。

——今だ。

俺はラストスパートをかけた。この一周ですべてを出し尽くす。戦略もクソもない。ただ思いっきり走って、汐をぶち抜くだけ。

顔に当たる風が強くなる。顎《あご》の力を抜き、腕を大きく振り上げる。視線を前に固定し、地面を強く蹴《け》る。加速する。もっとだ。汐との距離を、このまま一気に詰める。悪くないスピードだ。確実に、速くなっている。はずなのに。

どうして、汐があんなにも遠い!?

一向に距離が縮まらない。どころか少しずつ離されている。

バカな！　序盤あれだけ飛ばしてなぜ失速しない？　五か月近くブランクがあるはずなのに。あのときと同等。いや、ひょっとすると現役頃《ごろ》よりも速く……。

ぐうん、と足が一気に重くなる。身体《からだ》が諦《あきら》めそうになっている。嘘《うそ》だろ？　負けるのか？　いいや。まだだ。ゴールまで半周以上ある。絶対に汐は失速する。諦めるな。頑張って食らいつけ。ここで根性を見せないと。

苦しい。心臓が張り裂けそうだ。全然追いつけない。疲労と焦りが頭の中が真っ白になる。やばい。もっと速く走らないと。ああ。クソ。なんでだよ。なあ。頼む。ちょっと、待ってくれ……。

＊

「はぁっ、はぁっ……」

ゴールすると同時に、能井《のい》は崩れ落ちるように地面に座り込んだ。丸めた背中を大きく上下させて、必死に空気を取り込んでいる。

そんな能井を、汐が静かに見下ろしていた。

勝負の結果は、汐の勝ちだ。それも一〇秒以上の差をつけて汐がゴールした。五〇〇〇メートル走においてその差がどれほど大きなものかは分からないが、俺には汐が圧勝したように映った。

汐《うしお》がゴールした直後、俺と星原《ほしはら》は歓声を上げた。仲のいい友人が、同じ高校受験で合格したくらい喜んだ。ここ最近ずっと勝負の行方を気にしていたのだ。そりゃあ喜ぶし、安心もする。

でも汐は、何一つ嬉《うれ》しそうじゃなかった。

汐の意識は、喝采《かっさい》を送る俺と星原ではなく、いまだゴールしていない能井《のい》に向けられていた。そして能井がゴールするなり、汐はヤツのもとへと近づき、信じられないものを見るような目をした。

「なんで？」

「……何がだよ」

汐も息を切らしているが、能井ほどではない。能井は喘《あえ》ぐように息をしながら、顔を上げた。

「なんで前より遅くなってんの？」

遅く？　汐ならともかく、能井が？

能井は下唇《くちびる》を噛《か》んで俯《うつむ》いた。その反応を見るに図星のようだった。

「部活、サボってたの？」

「ち、違う！」

能井はふらふらと立ち上がる。膝《ひざ》が震えていて、立っているのがやっとの状態だ。

「サボってなんかねえよ。今のは……本気じゃなかった。こんなところで全力出すわけ」

「それは嘘《うそ》でしょ」

　最後まで言い切る前に、汐は断じる。

　嘘なのは俺でも分かった。能井の青息吐息が演技とは到底思えない。

「それだけ息を切らしてよく言うよ。本当はサボってたんでしょ？　前に昇降口で会ったときもおかしいと思ったんだ。朝練をやっているなら、あの時間に登校してくるわけがない」

　前に昇降口で会ったとき……俺が能井に突き飛ばされた日のことだろう。

「あの日は……雨が降ってて、朝練がなかったんだ」

「雨が降ってる日は、特別棟で基礎トレーニングがある。それを僕が知らないわけないでしょ。大体、雨が降ってるからって外を走れないわけじゃない。自主的に走ることもできた」

「……」

「それに……風助《ふうすけ》、たしか文化祭の実行委員やってたよね？　あのときも練習時間、減らしてたんじゃないの？」

「それは、仕方ないだろ。だって実行委員の仕事が……」

「夜に走ればいいじゃん。減らした分はどこかで埋め合わせなきゃ……。風助さ、ぼくが部活を辞めてから一体何やってたの？」

　能井の額《ひたい》から、汗が垂れた。

　必死に反駁《はんばく》の言葉を探しているのが分かる。だがいくら待てども、言葉は出てこなかった。

能井《のい》の荒い吐息と、ひゅうひゅうと鳴る風の音が、沈黙を埋める。日暮れまで時間はあるが、空が曇っているせいで辺りはすでに薄暗くなり始めていた。

「あのさ、風助《ふうすけ》」

子供を諭《さと》すように汐《うしお》が名前を呼んだ。

「もしかして、部活を辞めてからぼくが走ってないとでも思った?」

「……!」

能井が目を見開く。

「部活を辞めてからも、ぼくは毎日走ってたよ。風助に挑まれてからは、走る時間をもっと増やした。なのに風助は、勝負に備えるどころか、まともに練習すらしなかったんだね。サボってたことを認めたくないなら、慢心してたと言い換えてもいいよ。まぁ、どっちにしろさ」

ごお、と突風が吹く。

「人のこと、舐《な》めすぎだよ」

声のトーンが、二つくらい落ちた。怒りと失望と軽蔑《けいべつ》を混ぜて煮詰めたような、黒々としていて、重い言葉だった。

「スカートを穿《は》いてたって、女子に交じって体育をしてたって、走るのが好きなことに変わりはない。陸上部を辞めたのは、男子として活動する気がなかったからだよ。風助は、そこを勘違いしている。どんな生き方を選ぼうが、ぼくはぼくなんだ。何も、生まれ変わったわけじゃない」

「……分かってる」

「分かってないよ」

何も分かってない、と汐は言葉を重ねる。

「変わらないね、風助は。自信過剰で、思いどおりにいかないときは子供みたいに不機嫌になる。何一つ、変わってない……」

痛烈な言葉だった。だけど言われた能井よりも、汐のほうが辛《つら》そうにしていた。

ここは悲しい顔をする場面じゃない。汐はもっと勝ち誇ってもいい。それができないのは、この勝利が汐への忌むべき偏見がもたらしたものだからだろう。もし能井が真面目《まじめ》に練習していても結果は変わらなかっただろうが、もう、汐にとってそんなことはどうでもいいのかもしれない。

「約束、覚えてるよね」

能井はぴくりと肩を震わせる。

「謝ってもらうよ。ぼくと、咲馬《さくま》に」

大事な約束だ。たとえ喜べない勝利でも、謝罪の言葉をもらえたら汐も少しは溜飲《りゅういん》を下げられるはず。

だが能井はこの期《ご》に及んで黙り込んだ。口を一文字に引き結び、顔を伏せる。往生際の悪い態度に、汐《うしお》は深いため息をついた。

「もういい。行こう」

俺と星原《ほしはら》に呼びかけ、汐は校門の奥に足を進める。

このまま立ち去ってもいいのだろうか。星原が困惑した様子で俺のほうをちらと見る。どうするの、と俺に判断を求めているみたいだ。

思い残すところはあるものの、俺たちが引き止めたところでどうしようもない。

汐に従って、あとを追おうとしたら、

「ちょっと待ってください」

汐は足を止めて振り返る。

今の声は藤瀬《ふじせ》だった。汐を呼び止めたあと、能井《のい》のほうを向いて声をかける。

「能井先輩、もう諦《あきら》めましょうよ。ここで何も言えなかったら、一生このままですよ」

今まで静観を貫いていた藤瀬の言葉だ。さすがの能井も無反応でやり過ごすことはできないだろう。もはや汐と能井だけの問題ではない。これでもだんまりを決め込むなら、能井は藤瀬からの信頼も失う。

まぁ、そんなものとっくに失っているのかもしれないが。

その場にいる全員が、能井の言葉を待っていた。

「……はは」

能井は自嘲《じちょう》気味に笑って、顔を上げた。

「あんだけ大口叩《たた》いておいて、ボロ負けして、後輩に諭《さと》されて……そのうえ約束も守れないなら、いっそ死んだほうがいいな」

吹っ切れたように言うと、視線を汐へと向けた。

「……ごめん、汐」

ついに謝った。

それはきっと本心からの謝罪だろうが、実に簡素だ。やっぱり謝るだけじゃなくて他にも何か要求したほうがよかったんじゃないか、と思いながら俺は隣を見る。

汐はまったく顔色を変えず、返事も頷《うなず》きもしなかった。一体どんな気持ちで能井の謝罪を受け止めたのか、その無表情からは何も読み取れない。

「紙木《かみき》も、突き飛ばして悪かった」

「……別に、俺はいいけど」

どうせ俺はおまけみたいなものだ。

能井はそれ以上話を続けるつもりはないようで「行くぞ」と藤瀬に声をかけた。このあとも部活があるのか、二人はグラウンドへと向かう。

なんとも消化不良な結末だった。勝負には勝ったし謝罪の言葉も聞けた。なのに沈痛な空気が俺たちを取り囲んでいる。このまま能井を帰していいのか？　汐の気持ちはそれで晴れたのか？

クソ、やきもきする……。

そんな思いが届いたのか、能井《のい》はゆっくりと立ち止まった。振り返り、汐《うしお》のほうを見る。

何か、言うことがあるみたいだ。

「なあ、汐。俺は、お前に……」

謝るときより、ずっと大きな葛藤《かっとう》を感じた。口を震わせながら言葉を紡ごうとしているものの、結局、そこから先には続かなかった。

やがて諦《あきら》めたように目を伏せ、首を横に振る。

「……やっぱり、なんでもない」

再び能井は立ち去ろうとする。こちらに背を向けた瞬間、すっ、と横で影が動いた。

汐が動きだした。無言のまま、早足で能井を追いかけると――。

能井の後頭部を、バシン！　と強く引っぱたいた。

「痛ってぇ！」

悲鳴を上げ、能井は振り返る。すると即座に汐が食いかかるように能井の胸ぐらを掴《つか》んだ。

突飛な行動に、俺は唖然とする。俺だけではなく、星原《ほしはら》も、藤瀬《ふじせ》も、そして本来逆上しそうな能井さえも、怒りより驚きが勝っているようだった。

「な、何を……」

「ちゃんと言葉にしろ！」

激しい怒りを露《あら》わにする汐に、能井は気迫負けしたように後ずさった。

「曖昧《あいまい》な言葉でごまかすな！　言いかけたんなら最後まで言え！　そうやって去り際に意味ありげなこと言ってれば、ぼくがいいように解釈するとでも思ったのか……!?」

それは能井に向けて放たれた言葉だが、俺には他人事《ひとごと》のように思えなかった。文化祭のときの苦い思い出が蘇《よみがえ》る。

あのとき汐と約束したように、俺はできるかぎり自分の気持ちを言葉にしてきた。それでもまだ、汐の想像に任せている部分はある。

だけど当然、思ったことをすべて口にすればいいわけではない。嘘《うそ》は人を救いも傷つけもする。ときにはどっちつかずな言い方も必要になってくる。問題は、本音と嘘と曖昧な言葉、その三つをどう使い分けるかだ。能井は、その選択を大きく誤った。

「言ったってしょうがねえんだよ……」

能井は汐から顔を背《そむ》ける。

「勝負に負けて、謝って……だから、もう悪者は退治されたんだ。それ以上なんか言ったところで、どうにもなんねえよ」

「それでも言ってよ」

責めるように汐は言う。

「分かってるでしょ？　もう以前のようには戻れないんだ。ぼくは二度と男子陸上部には戻らないし、君とタイムを競い合うこともない。ここで終わりなんだ。贖罪《しょくざい》でも負け惜しみでも、言いたいことがあるんなら、ちゃんと言いなよ」

今生《こんじょう》の別れみたいな言い方だが、実際、そのとおりなのかもしれない。汐《うしお》と能井《のい》の関係に、ここで一つの終止符が打たれた。今後は同じクラスになろうが偶然どこかで鉢合わせようが、おそらく二人の距離感はもう、他人以下だ。悲しい話だが、そういうものだろう。汐も能井も仲直りするつもりはないし、たぶん、できるとも思っていない。

「……分かったよ、じゃあ言うよ」

能井は不承不承に答えた。文句を言う気力も残ってないのか、やけに素直だ。まぁ無理もない。五〇〇〇メートルを全力で走ったあとだ。

「俺は……」

能井は、まっすぐに汐の目を見る。

「俺は、お前に憧《あこが》れてた」

その言葉を受けて、汐はするりと能井の胸ぐらから手を離した。そして憑《つ》き物《もの》が落ちたような、穏やかな表情を浮かべて、

「知ってたよ」

と答えた。

今度こそ能井は藤瀬《ふじせ》を引き連れてその場を去った。校門の前に、俺と汐と星原《ほしはら》の三人が取り残される。

能井とすれ違うようにして、ソフトボール部の面々がグラウンドの方角からやってくる。部活を終えたところみたいだ。スタジャンを羽織った女子たちは、談笑しながら俺たちのそばを通り過ぎ、駐輪場へと向かっていく。

「汐ちゃん、お疲れ様」

星原の労《ねぎら》いに、汐は薄い微笑《ほほえ》みを返す。

「ありがとう、夏希《なつき》」

「カッコよかったよ。やっぱり私、汐ちゃんの走ってるとこ見るの好きだな。風を切るみたいに、すいすい前に進んで……なんだか、白馬みたいだった」

「白馬の王子様、とかじゃなくて白馬なんだ」

ふふ、と汐が笑うと、星原は途端に慌て始めた。

「あ、いや、全然悪い意味で言ったんじゃなくて！　ほんと、綺麗《きれい》だったから……」

「大丈夫、ちょっとおかしかっただけだよ」

汐は俺のほうを向いた。

「勝ったよ、咲馬《さくま》」

「ああ、見てた。本気出すとあんなに速かったんだな……本当にすごいよ」

「頑張ったよ。もうくたくただ。帰ったらシャワー浴びて、ご飯食べたら、すぐ……」

喋《しゃべ》っている途中で、ふら、と貧血でも起こしたみたいに汐《うしお》はその場にへたり込んだ。

「お、おい。大丈夫か」

「ごめん、ちょっと休憩……気、抜けちゃって」

汐は足を投げ出して、腱《けん》を伸ばすように前屈する。深刻な感じではなさそうだが、黙って見ている気にはなれなかった。

「ここじゃ身体《からだ》が冷えるだろ。校舎入ろう。肩、貸すよ」

「いや、別にいいよ。平気だから」

「俺もちょっと寒いんだ。ほら、肩……あ、触るの嫌《いや》か？」

「や、別にそれは構わないけど……」

「だったら」

そばで屈《かが》むと、汐はためらうような間《ま》を置いて、おそるおそる肩に手を回してきた。ジャージの上から、少し骨張った細い手首を掴《つか》む。少しだけ、汗の匂《にお》いがした。

「あ、私も手伝う！」

星原《ほしはら》が俺と同じように肩を差し出した。ここまで来たら断るのも悪いと思ったのか、汐は諦《あきら》めたようにその肩に手を回す。

汐の両脇《わき》を固め、せーの、というかけ声で俺と星原は同時に立ち上がる。そのまま歩いて、校舎へと向かった。

「これ、思ったより恥ずかしいな……」

汐がクレームを入れる。だけどまんざらでもなさそうだった。どうせ短い距離だ。良くも悪くも、じき離れる。

不意に、雲の隙間《すきま》から夕日が差し込んだ。背中がじんわり熱を持ち、目の前に濃い影が浮かぶ。俺たちの影は溶け合ったように、一つの塊になっていた。

校門の脇に置いていた三人の鞄《かばん》を拾い、昇降口から校舎内に入る。汐を真ん中にして、すのこの上に腰を下ろした。外よりマシだが、ここも風が通り抜けてちょっと寒い。星原がくしゅんと控えめなくしゃみをした。

「う～さむさむ……あ、そうだ」

星原は鞄からブランケットを取り出すと、それを目一杯広げて俺たちの膝《ひざ》に被《かぶ》せた。端っこのほうがはみ出しているものの、暖かい。下駄箱にもたれると、眠ってしまいそうだ。

汐が回復するまで、雑談で時間を潰《つぶ》す。能井《のい》に挑まれてから今日までの二週間のことを、笑い交じりに振り返った。勝負のプレッシャーから解放されたおかげか、汐は疲れ気味なものの何度も屈託のない笑《え》みを見せた。

もし汐が能井に負けていたら、こんな幸せなひとときも存在しなかっただろう。本当に勝ててよかった。これで一件落着だ。

と、思った直後のことだった。

廊下の奥から数人の足音が聞こえた。汐《うしお》と星原《ほしはら》は、音のしたほうに視線を動かす。俺もつられてそちらを見た。

「大丈夫、急がないで。ゆっくり、ゆっくりね……」

年配の女性の声。たぶん、保健室の先生だ。歩きながら、誰かを落ち着かせるように声をかけている。

誰か怪我《けが》でもしたのだろうか。

足音はどんどんこちらに近づいてくる。間もなくして、下駄箱の陰から見知った顔が現れた。

やってきたのは予想どおり養護教諭——そして、真島《ましま》と椎名《しいな》だった。

「え……？」

星原が困惑した声を出す。

椎名が真島に肩を貸していた。支えられた真島は、顔に玉のような汗をかいて苦悶《くもん》の表情を浮かべている。そして椎名はというと、俺たちのほうに向かってくるなり必死の形相で「どいて！」と声を荒らげた。事情を説明している余裕もなさそうだった。

俺たちが即座にその場を離れると、椎名はA組の下駄箱から真島の靴を取り出し、地面に放った。真島は腕を使わず、放り出されたローファーに足を突っ込む。

すでに外出用の靴に履き替えた先生が、「こっちよ」と椎名たちに呼びかけ、外に出た。椎名は真島を連れて先生に続く。

一瞬の出来事だったが、緊急事態なのは明らかだ。何があったんだろう、と三人揃《そろ》って心配していると、遅れてもう一人生徒がやってきた。

俺たちには目もくれず、顔面蒼白《そうはく》で上履きのまま、椎名たちのあとを追う。

出入り口から風が吹き込み、脱色されたツインテールが翻った。

「……西園《にしぞの》？」

第六章　アリサ・ライオット

——一時間前。

「呼ばれた理由は分かる？」

知るかよ。

と出かかった言葉を飲み込んで、私は伊予《いよ》先生に「知りません」と返す。でも、おおよその見当はついていた。たぶん授業態度が悪いとかそこらへんだ。

特別棟二階の生徒指導室に呼ばれるのは、これで三度目だ。一度目は汐《うしお》の顔に水筒が当たったとき、二度目は世良《せら》をぶん殴ったとき。固いパイプ椅子《いす》に座らされて、何時間もお説教を食らう。うんざりだった。本当に。

「いろんな先生からあなたのことで報告を受けてるの。謹慎が終わってから一層荒れてるみたいじゃない。課題を提出しないのはまだしも、先生に舌打ちするのはよくないわね」

伊予先生は淡々と言う。怒ってる感じでも呆《あき》れてる感じでもない。表情は穏やかだ。たぶん、柔らかい態度で接して、私に心を開かせようとしている。

そんな手に乗るか。

私は目を伏せて口を閉ざす。こうやって黙っていれば、向こうから勝手に隙《すき》を見せてくれる。中途半端に気を使われるくらいなら、怒ってくれたほうがマシだ。優しさと違って、怒りには打算がないから。

伊予先生は私が黙っていてもお構いなしに話し続ける。

「成績は悪くないんだから、授業態度で減点されるのはもったいないよ。アリサだって無闇《むやみ》に内申を下げたくないでしょ？」

無視。

「数学の森《もり》先生もアリサのこと心配してたよ。あの人、最近猫を飼い始めたからか、最近ちょっと機嫌がいいのよね。アリサは動物とか好き？」

どうでもいい。

「あ、そうだ。今度ボランティアがあるの。河川敷の掃除なんだけどさ。アリサも参加してみない？　内申点、稼げるよ」

誰が参加するか。

私の琴線を探るように、伊予先生はコロコロと話題を変える。なんとか歩み寄ろうとしているのが分かる。でも私は、教師って大変な仕事だな、という感想しか生まれなかった。

生徒指導室の上には音楽室があって、そこで吹奏楽部が練習をしている。演奏の音がここまで届いていた。今流れているのはクラシック。聞いたことはあるけど、曲名は知らない。ちら、と一瞬だけ窓の外を見る。

今日は風が強い。自転車だから帰るとき向かい風だったら嫌《いや》だ。雨なんか降ってきたら最悪。伊予《いよ》先生の話、いつまで続くんだろう。早く終わんないかな。

話の内容をほとんど聞き流していたら、ふう、と伊予先生が大きなため息をついた。

「帰りたい気持ちは分かるけど、ちょっとは話に乗ってきてよ。頑《かたく》なな態度でいるのも疲れるでしょ」

「……疲れてんのはそっちでしょ」

思わず突っ込んでしまう。伊予先生はふっと鼻で笑った。

「よく分かってるじゃない。大変だよ、意固地な生徒を相手にするのは」

「じゃあほっとけばいいじゃん」

「そういうわけにもいかないの。あなたはA組の生徒なんだから。何かあったら私の責任になるんだからね」

「はっ。結局、心配なのは自分のことで、私なんかどうでもいいんだ」

「かまってちゃんみたいなこと言わないの。そりゃ仕事じゃなかったら、こんな時間まで残って話なんかしないけどさ……それでも、あなたのことがどうでもいいわけじゃない」

「どうだか」

伊予先生は悲しそうに眉《まゆ》を下げる。

「どうして分かってくれないのかねぇ……ま、いいや」

場を仕切り直すように、伊予先生は咳払《せきばら》いする。

「別に怒りたいわけじゃないの。今回はちょっと成績の話もしようと思ってね」

成績。苦々しいものが胃に広がる。

「九月から少しずつ成績が下がってるの、アリサも分かってるよね。今の学力でも志望校には届くだろうけど、このまま成績が下がり続けるとちょっと厳しいよ」

クソ。嫌なところを突かれた。

ここ二、三か月くらい、勉強に集中できずにいた。何をするにしても、余計なことばかり考えてしまう。汐《うしお》を以前の姿に戻す方法とか、夏希《なつき》が私のことをどう思っているのかとか。最近だったら、世良《せら》に挑発されたことを思い出してムカついたり、世良に〝あのこと〟をバラしたヤツが誰なのか考えたり。

頭の中が、ノイズだらけだった。

今だってそう。気分が悪い。

「それに、あなたの場合は内申点が足を引っ張る可能性もあるの。一般入試でも、テストの点数が際どかったら内申点で合否を判断されちゃうこともあるから……」

それは知らなかった。

でも些細《ささい》な問題だ。私にとっては。

「じゃあ上げればいいんでしょ、成績」

「簡単に言うね。そりゃ上げられるならそれでいいんだけどさ」

「ここ最近は違うことに気を取られてただけ。その気になれば、テストの点くらいどうとでもなる」

「へえ、何に気を取られてたの？　世良《せら》くん？　それとも、汐《うしお》のこと？」

舌打ちしそうになる。

その二人はもう名前すら聞きたくない。特に世良。あいつに関しては、本当に嫌《いや》な記憶しかない。さっさとくたばってほしい。

「……どうでもいいでしょ。それよりもう帰らせてよ。今日レインコート持ってきてないんだけど。雨が降ってきたらどうすんの」

「バスを使うか、諦《あきら》めて濡《ぬ》れて帰りなさい」

「それで風邪引いたらPTAに言いつけてやるから」

「また要らぬ知恵をつけたわね……」

PTAが普段何をしているのかもよく知らないけど、なんとなく教師と対立しているイメージがある。まぁ言いつける気なんてないけど。そもそもどこに連絡すればいいのかも知らない。

私は壁にかけられた時計に目をやる。

「もう五時なんだけど」

「分かった分かった、今日はもう終わり。でもまた成績が下がったり何かあったりしたら、ここに呼び出すからね。ほんと、頼むからもう問題起こさないでよ」

やっと解放される。私は椅子《いす》から立ち上がって、そばに置いていた鞄《かばん》を肩にかけた。

退室しようとドアのほうに向かったら、「アリサ」と呼び止められた。一瞬、聞こえない振りをしようかと思ったけど、それで説教されたら面倒だ。私は諦めて振り返る。

「まだ何かあるの」

「誰かとぶつかってばかりじゃしんどいよ」

哀れみを含んだ声音《こわね》。

余計なお世話だ。

「そうですね」

廊下に出ると、私は後ろ手でドアを閉めた。

昇降口へと向かう。外が曇っているせいで、廊下は薄暗い。そのうえ、肌寒い。冬みたいな気温だ。

暦の上でも冬だったらよかったのに、と思う。早く冬休みが来てほしい。学校にいたくない。隕石《いんせき》とか飛行機とかトラックとか、そういう何か巨大ものが学校に突っ込んで、全部、なくなってしまえばいい。謹慎しているあいだに、何度もそう願った。バカみたいな妄想だけど、それを考えているあいだは、少しだけ鬱屈《うっくつ》を忘れられた。

——誰かとぶつかってばかりじゃしんどいよ。

不意に、伊予《いよ》先生の言葉が頭の中で繰り返される。

私だって好きで衝突しているわけじゃない。物事を穏便に済ませられるなら、多少気に食わないことでも許容する。

でも今はダメだ。

みんなが汐《うしお》を受け入れ始めてから、私の立場はどんどん悪くなっている。嫌われるだけなら構わない。でも世良《せら》が〝あのこと〟をみんなの前で言ったこと……あれだけは、絶対に許せない。世良のせいで見下されるのは、我慢ならなかった。

ここで下手《したて》に出たら、ますます舐《な》められる。だから私はぶつからなきゃいけないのだ。思いっきりぶつかって、大きな音を立てて、周囲に私が弱い人間じゃないことを、知らしめないといけない。それが私の戦いだ。誰にも邪魔させない。

伊予先生に、私の気持ちは一生分からない。

クソ……なんか無性にムカついてきた。

自然と早足になる。苛立《いらだ》ちで身体《からだ》がうずいていた。皮膚の内側を蚊《か》に刺されたような、どうしようもないもどかしさが全身を支配している。神経が、ささくれ立っている。

私は階段を下りる。その途中、踊り場の窓から外が見えた。曇った空に晴れ間が覗《のぞ》いている。

だけどもう日が暮れかけている。日が沈めばもっと寒くなる。

　少しでも身体を温めようと、肩をさすりながら階段を下りていく。すると踊り場で見慣れた顔と鉢合わせた。

「あれ、アリサ？」

　マリンだった。きょとんと首を傾げている。

　部活終わりみたいだ。ソフトボール部のスタジャンを羽織って右肩に鞄《かばん》をかけていた。

「こんな時間に学校いるなんて珍しいね。なんかあったの？」

「……別に。先生に呼び出されてただけ」

「そっか。災難だったね」

　意外でもなんでもないふうにマリンは言う。呼び出された理由を訊《き》いてこないのは、たぶん予想がついているからだ。最近の私の授業態度が最悪なことは、クラスメイト全員が知っている。

「あ、そうだ。実は今日、早めに部活切り上げたんだ。風が強くてさ。それで久しぶりにシーナと一緒に帰るんだけど、アリサもどう？」

　三人で下校。本当に久しぶりだった。二学期になってからは初めてだ。帰宅部の私と違ってマリンとシーナは部活をやっている。だから部活がない日くらいしか、一緒に帰る機会はなかった。

けど最近は、部活を抜きにしても、一緒に下校することはなかった。私が今の汐《うしお》を否定するようになってから、マリンやシーナ……あとは夏希《なつき》とも、疎遠になったから。

ここ数か月、ずっと一人で下校していた。

「あんたさ」

苛立《いらだ》ちが、喉《のど》を押し上げる。

「教室じゃ話しかけてこないくせに、誰もいないときは仲よくしてくるんだ」

マリンが驚いたように目を見開く。

「いや、そんなつもりじゃ……」

「私と一緒にいたら、先生とか汐のファンに目つけられるからでしょ。それとも問題児の友達ってレッテル貼《は》られたくないから？　お気楽そうに振る舞ってても、保身はしっかりしてるんだから抜け目ないよね」

マリンはひどく傷ついたように眉《まゆ》をひそめた。実際、傷つけるつもりで言った。そうすれば、このイライラが少しはマシになると思ったからだ。

でも苛立ちはなくなってくれなかった。どころか不完全燃焼を起こしたみたいに、黒い感情が心の中でぶすぶすと黒い煙を吐く。ますます嫌《いや》な気分になってきた。

「違うよ」

マリンの視線に敵意が滲《にじ》む。踊り場の空気が、さらに冷たくなったような気がした。

「最初に離れたのはアリサのほうじゃん。夏休みが終わってから何も言わずに他のクラスの子とご飯食べるようになったし」

「そりゃたまには違う人と食事をすることくらいあるでしょ。それとも何？　あんたの許可を取らないといけなかったの？」

「他の人と食べるなら食べるで、一言くらい私たちに声をかけてもよかったたって言いたいんだよ。食事のときだけじゃない。移動教室のときも、休み時間のときも、私が話しかけてもアリサは露骨に嫌そうな顔するようになったよね。たまに無視するし。そんな態度だから話しかける気もなくなったんだよ」

そこまで言うと、マリンは急に戦意を失ったみたいに眉を下げた。

「でも……ずっとこのままだと、なんか嫌じゃん。だから一緒に帰ろうって誘ってるんだよ。アリサだって一人でいるのは寂しいでしょ？　帰りにマックでも寄って、ちゃんと話し合おうよ」

マリンは許したように柔らかく笑った。

その笑《え》みが、私の心の深いところを刺激する。

「……何それ」

沸々と、胃の奥が煮える。

「私が一人で可哀想《かわいそう》だから一緒に帰ってあげるって言いたいの？　それ、明らかに見下してるでしょ。あんたなんかに手を差し伸べられなくたって、私はやっていける」

「……どうしてそういう捉《とら》え方しかできないのかな」

マリンは困ったように額《ひたい》を押さえる。その仕草さえも癇《かん》に障った。

「アリサが疑心暗鬼になるのも無理ないよ。でも前にも言ったけど、世良《せら》に惑わされすぎだって。あんな嘘《うそ》なのか本当なのかも分からない言葉なんか無視しなよ。話し合おうっていうのは、そこらへんの誤解も解いておきたいんだよ」

「あんたが犯人じゃない証拠でもあんの？」

「だからぁ」

声がイライラしている。

「犯人とか犯人じゃないとか、いつまでそんなことにこだわってんの？　言っちゃったもんは仕方ないでしょ。もう忘れなって」

ぐん、と体温が上がるのを感じた。

「忘れられるわけないでしょ」

一歩、マリンに近寄る。

「仕方ないの一言で済ませようとすんな。自分の秘密をバラされたことがないからそんなことが言えるんだ。言っとくけど、あんたの恥ずかしい秘密だって私は何個か知ってるんだからね。黒板にでっかく書き殴ってやろうか？　そしたら二度と仕方ないなんて言えなくなるでしょ」

「な……」

マリンはカッと耳まで顔を赤くさせる。効果てきめんだ。ざまあみろ。

「……もういい。誘った私がバカだった。アリサは一人で帰って」

横を通り過ぎようとするマリンに、私は立ち塞《ふさ》がる。

「まだ話は終わってない。やっぱり世良にバラしたの、あんたじゃないの？　だから私に犯人探しをやめさせようとしてるんだ」

「どうせ何言ったってまともに聞かないでしょ。勝手に言ってれば」

にべもない態度が、私の神経をざらりと逆撫《さかな》でする。

マリンにこんなにムカついたのは初めてだった。もっと素直な子だと思ってたのに。やっぱりだ。どいつもこいつも信用できない。こんなヤツに気を許した私がバカだった。

マリンは「どいて」と言って私を無理やり押しのけようとする。思ったより力が強くて身体《からだ》がぐらついた。

電撃のような怒りが、脳天から足先までを突っ走る。

「こんの……！」

私はマリンを突き返してやった。

そこまで強く押していない。一歩や二歩、退《ひ》かせる程度の力だ。

でも、その一歩や二歩の先に、床はなかった。

「わ」

マリンは目を見開く。

背中から倒れると、ごすっ、と階段に身体《からだ》を強く打ち付けて。

呆気《あっけ》なく、そのまま下に転げ落ちていった。

「え？」

私の間の抜けた声が、がらんとした踊り場に響く。

一階の廊下に横たわるマリンは、喉《のど》から絞り出すような呻《うめ》き声を上げて、背中を丸めた。私はなんだかリアルな人形を見ているみたいだった。さっき階段を落ちていったのが、マリンとは思えなかった。目の前で起きたことが信じられない。目を強く瞑《つむ》って、それから開いてみても、横たわるマリンはたしかにそこにいた。


私が押したから、落ちた――。


手に残る感触が、目の前の事実を突きつけてくる。

「ねえ、ちょっと……」

マリンに声をかけようとすると、どさ、と近くで音がした。

それは私が出した音でも、ましてやマリンが出した音でもない。私は踊り場から動けないまま、二階のほうを見上げた。そこには呆然《ぼうぜん》とした表情で佇《たたず》むシーナがいた。足下《あしもと》には鞄《かばん》がある。さっきのはそれを落とした音だろう。

シーナが踊り場まで下りてくる。マリンの姿を見つけると、声にならない悲鳴を上げた。

「マリン！」

階段を駆け下りて、マリンのそばに寄る。身体に触れていいのかどうかも分からない様子で、泣きそうな顔で狼狽《ろうばい》していた。

「嘘《うそ》でしょ……。だっ、誰か！　来てください！」

シーナが大声で助けを求める。

少しして、そこに男の先生がやってきた。先生は真島《ましま》を見るなり血相を変え「ちょっと待ってろ」と言い残し、その場を離れた。それから一分も経《た》たないうちに、養護の先生を連れて戻ってきた。

椎名《しいな》と先生たちは、マリンを取り囲んで何か話をしている。先生が「病院まで送っていきます」と言ったのが聞こえた。シーナはぐったりするマリンを肩で支えると、先生たちと一緒に、廊下の奥へと進んだ。

私はただ、踊り場に突っ立って上から眺めていた。

現実味がなかった。自分を頭上から俯瞰《ふかん》しているような気分だ。起こったことは正確に理解しているのに、気持ちが追いつかない。だけど、時間差で焦燥と後悔がじわじわと足下から這《は》い上がってきた。

――やばい。どうしよう。

よくない想像が脳内を埋め尽くす。それを振り払うように、私は階段を駆け下りた。とりあえずシーナたちを追いかけることが先決だと思った。

養護の先生は「病院まで送っていく」と言っていた。ならマリンを運ぶ必要がある。救急車……よりも車で送るほうが速い。ならシーナたちは駐車場へ向かったはずだ。私もそこを目指す。

下駄箱も通り過ぎて、外に飛び出す。すると駐車場の方向から車が走ってきて、学校の敷地外へ出て行った。

一瞬、運転席に養護の先生が見えた。

きっとマリンはあの車に乗っている。たぶん、シーナも。

「待って」

と小さく声が漏《も》れた。当然、届くはずもなく、車はどんどん遠ざかっていった。

間に合わなかった。

間に合ったところで、その車に乗れたかどうかは、分からないけど。

今から私も病院に向かう？　でもどこの病院か分からない。携帯でシーナに行き先を訊《き》いてみることもできるけど……そんなの絶対に無理だ。教えてくれるかどうかも、分からないし。

じゃあ、もう、帰るしかないじゃん。

できることは、何もないんだから。

そう思っているのに、校門の前から足が動いてくれない。車が走り去った方向から目が離せない。意識が、遠くにいるはずのマリンたちに引っ張られている。

「あ、アリサ」

背後から声をかけられて、振り返る。

夏希《なつき》が不安げな顔で立っていた。その後ろには、汐《うしお》と紙木《かみき》がいる。

最近の夏希、私の前に立つといつも同じ顔をしてる。捨てられた子犬みたいな、庇護《ひご》欲をそそる顔。魅力的な容姿と純朴さを盾に、ぐいぐいと人の領域に踏み込んでくる。そういうところ、前から好きじゃなかった。

なんて今はそんなこと関係ない。こいつら、なんでこんなところにいるんだ。三人とも部活やってないはずなのに。

「何かあったの？　さっきシーナがマリンを支えて外に飛び出して……保健室の先生もいたんだけど。アリサ、何か知ってる？」

「私は……」

口を開いた瞬間、数分前の光景がフラッシュバックする。

ごすっ、と階段に身体《からだ》を打ち付ける鈍い音。転落するマリンの姿。そして悲痛な呻《うめ》き声。

「……知らない」

私は逃げるようにそこを離れた。もうここにはいられない。学校を出なきゃ。

駐輪場に向かう途中で、上履きのまま外に出ていることに気づいた。慌てていたせいで、靴に履き替えるのを忘れていた。しかも、鞄《かばん》もない。あの踊り場に置いてきてしまったのだろう。なんて間抜けなんだ、と自分に嫌気《いやけ》が差す。

戻るにしても、昇降口には夏希《なつき》たちがまだいそうだ。今は誰とも鉢合わせたくない。

私は校舎の裏に回って、外廊下から校舎に入った。あの踊り場には戻りたくないけど、さすがに鞄を置いていくわけにはいかない。

薄暗い廊下を進む。消火栓の赤いランプが、ぼんやりと赤く光っている。その前を通り過ぎて、私はマリンが横たわっていた場所までやってくる。

「……っ」

一度、唾液《だえき》を飲み込んでから、私は階段を上がろうとする。そのとき、足下《あしもと》に汚れのようなものを見つけた。何かを乱暴に拭《ふ》き取った跡のような、赤黒い染み。そこまで古い感じではない。

……血？

マリンの血、かもしれない。

途端に、全身が冷たくなっていくのを感じた。みぞおちを打ったみたいに息が苦しくなる。

ぱっと見た感じ、マリンに怪我《けが》はなかった。でも私が気づかなかっただけだろう。よほど運がよくないかぎり、階段から転げ落ちたら怪我をする。

ひょっとして頭を打ったのかも。頭皮は切れやすいから、血も出やすい。ただの出血ならともかく、もし脳にダメージがあったら……。

私は自分の鞄を回収して、そのまま階段を上り続けた。

屋上の手前までやってくる。外へ続くドアにもたれて、しゃがみ込んだ。昇降口から確実に夏希たちの姿がなくなるまで、ここで待つ。外はもう日が暮れている。薄暗いと真っ暗の中間くらいの廊下で息を殺していると、感覚が鋭敏になって、またマリンを押したときの記憶が蘇《よみがえ》ってきた。

「クソ……」

階段から落ちる寸前のマリンの顔が、頭から離れてくれない。

記憶の中のマリンが、どうして、と訴えてくる。

わざとじゃない。私を押しのけようとしたから、こっちもやり返しただけ。階段から突き落とすつもりなんてなかった。そりゃあ私に非がないわけじゃないけど……マリンだってちょっとは悪い。私の気持ちを蔑《ないがし》ろにするようなことを言うから、頭に血が上ったんだ。

それに、ちゃんと助けようとも思った。

シーナが来なければ、私がマリンのもとに寄って、先生を呼んでいた。それで一緒に病院に向かっていた。きっとそうなっていた。助ける気はあった。本当だ。

でも、私がマリンを突き落としたことには、変わりない。

私はこれからどうなるんだろう。先生がマリンから経緯を聞いたら、また何かしらの処罰を下される。今度はいよいよ退学を言い渡されるかもしれない。わざとじゃないって言っても、先生はきっと私の言葉なんか聞き入れてくれない。

「ううう……」

頭を抱《かか》える。

汐《うしお》や世良《せら》のときとは状況が違う。今回は本当にまずい。

マリンの言うとおり、犯人探しなんてしないほうがよかったのかもしれない。そもそも世良の喧嘩《けんか》を買ったことが間違いだったのかもしれない。あいつに絡まれてから嫌《いや》なことばかり起きる。あんなヤツの相手なんかしなければよかった。時間を巻き戻したい。あの日、世良のことを無視していれば、こんなことにはならなかったのに。

いや、いっそ椿岡《つばきおか》高校に入学したときからやり直したい。

汐のことを好きにならなかったら、マリンやシーナ……夏希《なつき》とも、きっと今でも仲よくできていた。そうだ。元々の原因は汐だ。あいつさえいなければ……。

違う。

全部、私が汐の生き方を否定したせいだ。

許容すればよかった。好きにすればいいじゃん、って突き放しとけばよかった。そうすれば、こんなに悩まずに済んだ……。

考えれば考えるほど後悔が湧《わ》いてくる。キリがない。

もう何も考えたくない。静かに過ごしたい。誰かと衝突するのは、懲りた。人とぶつかるのはしんどい。誰かを憎み続けるのは、すごく体力を使う。明日からは真面目《まじめ》に過ごそう。きっと、まだ間に合うから……。


その日は全然眠れなかった。

横になって目を瞑《つむ》ると、『たられば』の妄想ばかりが膨らむ。それにマリンのことも心配だった。結局、私はあの子が重傷なのか軽傷なのかも分からないままだ。シーナに連絡する勇気もなくて、携帯で転落事故のことばかり調べていた。階段から落ちても軽傷で済んだケースを目にするたび、少しだけ安心できた。

そういえば、汐のときも似たようなことをしていた。

汐と同じ選択をして後悔した人のことを、調べていた。自分の考えが間違っていない根拠を欲していたのだ。汐を否定するための論理を強固にしたかった。実際、ネットには私の求めていたような言葉がたくさん転がっていた。でもそれ以上に、自身の選択を肯定する人のほうが多かった。

信じたくないデータは見ないようにした。

自分の正しさだけを、信仰してきた。

でも、もう限界だ。

眠れないまま朝を迎えて、私は重い身体《からだ》をベッドから引き剥《は》がす。そして学校へ行く準備をする。顔を洗って、朝食を食べて、制服に着替えて、いざ家を出た瞬間、猛烈な胃痛に襲われた。

学校に行くのが憂鬱《ゆううつ》で仕方がない。

一瞬、サボろうかな、と思った。仮病を使えば簡単に休める。でも……それは引き延ばしにしかならない。私が学校に行かなくても、必ず現実は向こうからやってくる。それに、こんな状況でもマリンやシーナから「逃げた」と思われるのは、嫌《いや》だった。

私は鬱屈《うつくつ》を押し殺して、自転車を漕《こ》ぎだした。私の胸中なんて知ったことかと、空は呆《あき》れるほどの晴天だった。

椿岡《つばきおか》高校に着いた。駐輪場に自転車を停めて、ふとあることに気づく。

マリンの自転車が見当たらない。

まだ登校していないみたいだ。それとも今日は休みなのかも。もし後者の場合、間違いなく階段から落ちたことが原因だ。学校を休むほどの怪我《けが》。嫌な想像がたくさん浮かんで、また胃が捻《ねじ》れるように痛んだ。

それでも、ここで帰る選択肢はない。私は腹を決めてA組へと向かった。

もし先生に何か言われるとしたら、朝のHRのタイミングだ。その瞬間に備えて、心を強く持っておく。

A組の教室が見えてくる。

激しくなる胃痛と、不安で潰《つぶ》れそうになる胸の苦しさを押し殺して、私は教室に入った。

すると、奥の席に人だかりが見えた。その中心から明るい声が聞こえてくる。

「いやー、参ったよ。しかも利き腕だからさ。ご飯食べにくいんだよねぇ」

マリンの声。学校に来てるみたいだ。

私は気配を消しながら、自分の席に向かう途中でそっとマリンのほうを窺《うかが》う。人だかりの隙《すき》間《ま》から、ギプスに覆われた右腕を三角巾で吊《つ》るしているマリンが見えた。

やっぱり、怪我したんだ。

ギプスに三角巾……ってことは、たぶん骨折とかだ。それも利き腕。そうか。だから駐輪場に自転車がなかったのか。学校にはバスで来たか、親に送ってもらったんだろう。

思ったよりも元気そうでそこは安心した。でも、ギプスをつけなきゃいけないほどの怪我をしたという事実が、胃にずっしり来る。マリンは私のことをどう思っているんだろう。

わざとじゃないにしても、さすがに謝らないといけないのは分かっている。だけどなかなか話しかける決心がつかなかった。今は人が多いし、一人になったタイミングを狙《ねら》ったほうがいいかもしれない。

……や、ダメだ。

今行こう。この気持ちを授業中も引きずりたくない。それにこういうのは、時間が経《た》てば経つほど悪化する。さっさと済ませたほうがいい。

私は自分の席に鞄《かばん》を置いて、深呼吸する。そして意を決して、マリンの席へと向かった。

クラスメイトたちの隙間《すきま》から、マリンと目が合う。

声をかけようとした、そのとき。

「何しに来たの?」

シーナの声が、私の足を止めた。

人だかりの中からシーナが出てくる。いつもクールを装っている印象があるけど、今のシーナは、本当に冷気を感じるほど冷たい雰囲気を纏《まと》っていた。

「何しにって……マリンと、話がしたいの」

「何を話すの?」

「……謝ろうと思って」

「謝る?」

シーナの眼光が鋭くなった。

「あそこから逃げたあなたが、今さら?」

その言葉は、私の一番弱いところを的確に突いた。息が詰まって、すぐに反論の言葉が出てこない。

逃げたってどういうこと？　誰かがそう口にした。クラスメイトには伝わっていないらしい。だけどシーナの一言で、なんとなく事情を察した人がいたのか、トゲのある視線を方々《ほうぼう》から感じた。

「違う」

私はなんとか言葉を絞り出す。口の中が異様に渇いていた。

「逃げたわけじゃない……助けようとしたし、追いかけた」

「でもアリサは来なかった」

「……間に合わなかったんだよ」

「どうして？　同じ場所にいたのに、間に合わないなんてことあるの？」

「……」

冷たい汗が、背中を伝う。

シーナと目を合わせられない。この子、こんなに怖かったっけ。

「アリサのこと、強い人だと思ってた。でも違った。あなたは自分にとって不都合なことから、全力で目を背《そむ》けてるだけ。もう何一つ信用も尊敬もできない……マリンを突き飛ばしたこと、絶対に許さないから」

頭に鉄球を落とされたように、シーナの言葉が脳内でぐわんと響く。

マリンを突き飛ばした。その一言が、教室に波紋を呼んだ。周りの敵意がよりはっきりとした質感を持って、私に突き刺さる。

「え、西園《にしぞの》がやったの？」「仲よかったのに……」「あいつ、やばすぎだろ」「先生はなんて言ってんの？」「さすがにあり得なくない？」「友達じゃなかったの？」「普通に事件だろ」

教室のところどころで囁《ささや》かれる非難の声を、耳が勝手に拾う。そのたびに胸を抉《えぐ》られた。

この状況、既視感があった。

私が誤って汐《うしお》を水筒で殴った、あのときと同じだ。

あのときも、味方をしてくれる人はいなかった。孤立無援だった。私だけが悪者だった。汐をあざ笑ったヤツは他にもいたのに。今じゃそんなことなかったような顔して、汐をもて囃《はや》している。昔からそうだ。両親も友達も、普段は私の機嫌を取ろうとするくせに、肝心なときに駆けつけてくれない。

――まぁ、そりゃそうか。

だって悪いのは私なんだから。今回は特に。言い逃れしようもなく。

ああ……もういいよ。どうでも。全部、私のせいだから。どうせ私が悪者だ。煮るなり焼くなり好きにしてよ。私はもう、さっさと謝って、早くこの状況から抜け出したい。

全部、終わりにしたい。

……なのに。

人望が底を突いてもなお残るプライドが、ファイティングポーズを解いてくれなかった。

「……わざとじゃない」

私はシーナに言った。

鼻の奥が熱い。腹筋に思い切り力を込めていないと、声が震えそうになる。

「軽く、身体《からだ》を押しただけで……突き飛ばすつもりなんて、なかった。そりゃあ私に非がないわけじゃないけど、あんたにそこまで言われる筋合いは、ない」

シーナの顔が、一瞬で激怒に染まる。

「あなたねぇ……！」

「待って、シーナ」

マリンが立ち上がった。シーナを含めたみんなの目が、そちらに向く。

「アリサの言ってることは間違ってないよ。実際、あれは事故みたいなものだし……。だからもう、ここらへんにしとこ？　シーナが私のために怒ってくれるのは嬉《うれ》しいけど、アリサを責めたってこの腕が治るわけじゃないんだからさ」

そう言って、マリンはギプスを嵌《は》めた腕を少し持ち上げた。

……今、私のことを庇《かば》ってくれたの？

怪我《けが》をさせたのは、私なのに。

どうして、そこまでして。

「……ごめん、マリン」

シーナが謝った。

「それでも、私の気持ちは収まらない」

怒気の閃《ひらめ》く目を、私に向ける。

「よく聞きなさい、アリサ。マリンは病院に運ばれても、先生には転んだだけって説明したの。どうしてか分かる？　二度も謹慎を言い渡されて後がないあなたのことを、心配してたんだよ。なのにあなたは……謝るどころか、私たちに連絡すら入れなかった。そのうえ、わざとじゃないだとか事故だとか、この期《ご》に及んで言い訳した……」

——最低。

と、シーナは吐き捨てる。

私は何も喋《しゃべ》れない。

「それにマリンはソフトボール部のキャプテンなんだよ？　だけどこの腕じゃ、しばらく練習には参加できない。それだけならまだいい。もしかしたら、後遺症が残るかもしれない。速球も遠投も、前のように投げられなくなるかもしれないって、マリン、お医者さんに言われたの。それがどれほど恐ろしいことか、あなたに分かる？」

何かに押さえつけられてるみたいに、頭が重い。

シーナは止まらない。

「あとね。外からじゃ分かりにくいけど、腕だけじゃなくて頭も怪我《けが》しているの。小さな裂傷だけど、もし……もっと強く頭を打っていたら、命に関わってた可能性もある。そこまでいかなくても、大きな障害が残るような怪我だったら……アリサは、どうやって責任を取るつもりだったの？」

もうやめて。

それ以上、何も聞きたくない。

「あなたなんか……」

シーナは荒い息を吐き出す。

「謹慎じゃなくて、退学になればよかったのに……」

ねえ。ちょっと待ってよ。

実際、それくらい言われるようなことをした。だけど……だけどさ。そんな、鈍器みたいに正論をぶつけないでよ。全部、分かってて、それでも直視するのが嫌《いや》だから、考えないようにしていたことを。そんなにはっきり、突きつけないでよ。

……ああ。

そういや、私も似たようなことやってたな。相手の触れてほしくないところを淡々と言葉にして言い負かす……これ、やられるとこんなにキツいんだ。

突然静かになって、おそるおそる顔を上げると、シーナは泣いていた。抑えきれない怒りが水分に変わったみたいに、ぼろぼろ涙をこぼしている。ついには「う〜」と嗚咽《おえつ》を漏《も》らして、うずくまった。

――シーナ、本当に悔しかったんだろうな。


HRの予鈴が鳴る。

周りのクラスメイトに介抱されるシーナを傍目《はため》に、私は、ゆっくりと自分の席に着いた。

シーナの言ったとおり、マリンは先生たちに詳しい事情を伝えなかったみたいだ。朝のHRで伊予《いよ》先生はマリンのことを心配していたけど、私に対する言及はなかった。その後の授業でも同じだった。

授業中、私はひたすらノートにペンを走らせていた。黒板に書いてあることだけじゃなくて、教科書の内容なんかも、書き写した。何も考えたくなくて、無心に手を動かした。

シーナの言葉のすべてが痛かった。

思い出すだけでも心に亀裂《きれつ》が入る。思考を止めても、時たま波のような悲しみが襲ってきて、涙が出そうになった。保健室に行ったり早退したりしなかったのは、罪悪感があったからだ。マリンとシーナのいる空間から逃げ出さないことが、今の自分にできる唯一の贖罪《しょくざい》だと思っていた。

……そんなの、ただの自己満足でしかないけど。

人生で五指に入るほど長い午前が終わって、昼休みになった。

マリンとシーナは教室を出て行った。追いかけて謝るのが最適解なんだろう、と思いつつも私は動けなかった。次、シーナに拒絶されたら、心が壊れてしまいそうな恐怖があった。

かといって教室で食事をする気も起きなかった。これもあまり考えないようにしていたことだけど、クラスメイトたちの視線が険しい。きっと朝の出来事のせいだ。休み時間になるたび、決まって私をチラ見してひそひそ話を始めるクラスメイトが何人かいた。

考えた末、私は昼食の入ったレジ袋を持って、教室を出た。人のいないところに行きたかった。今は一人で食事をしたかった。

できるだけ人に見られないよう特別棟に向かって、最上階まで階段を上がる。そして屋上前の階段に座って、私はレジ袋から取り出したメロンパンを開封した。

ここなら人目につかない。トイレのほうが密室性は高いけど、さすがに惨《みじ》めすぎると思ってやめた。

今でも十分惨めじゃん、と心の中でもう一人の私が言う。

周りの目なんか気にせず、堂々と教室で食べればいい。実害があるわけじゃないんだから。過去の自分なら、たぶんそう考えていた。でも今は気丈に振る舞う気力がない。たった一言の非難でも、息ができなくなるほど苦しくなってしまう。今までにないほど、心が弱っていた。午後の授業を乗り越えられるか心配……。

やっぱりもう、帰ろうかな。

学校にいても辛《つら》いだけだ。それに、私がいなくなって悲しむ人なんていない。むしろ喜ぶ人ばかりだろう。シーナとか、汐《うしお》とか、あと……紙木《かみき》とか。あいつ、絶対に内心でざまあみろって思ってる。夏希《なつき》なんかも、実は安心してるかもしれない。

クソ。舐《な》めやがって。

不意に頬《ほお》がくすぐったくなって、指でかく。すると水滴がついた。ああもう……最悪。ちょっと気を抜いたらこれだ。

悲しみをごまかすように、一心にメロンパンを頬張《ほおば》る。すると下から足音が聞こえた。

誰か来る。

私は口の中のものを飲み込んで、慌てて目元を拭《ぬぐ》う。不良がタバコでも吸いに来たのだろうか。面倒くさいな。さっさとここを離れよう。

食べかけのメロンパンをレジ袋に戻して、立ち上がる。

そのとき、足音の主が姿を見せた。

階段の下から、私を見上げる。

「やっと見つけた」


勘弁してよ、と思った。

そこらへんの不良よりも、ずっとずっとたちの悪いヤツだった。

私の元にやってきたのは、世良《せら》だった。


警鐘が鳴る。

こいつには関わるな、と私の本能的な部分が叫んでいる。だから声をかけられるよりも早く世良の横を通り過ぎようとした。けど、すっと腕を伸ばされて行く手を阻まれる。

「待って。話をしたいだけなんだ」

前に思い切りぶん殴ったけど、世良の顔に傷は見当たらない。もうとっくに治ったか。それより珍しく真顔なことが気になった。

こいつは笑っていてもいなくても腹に一物ありそうだ。なんにせよ話すつもりはない。

「どいて。あんたとは何も話したくない」

「すぐ済むよ」

「お願いだから帰らせて……本当に今は誰とも喋《しゃべ》りたくないの」

関わりたくない一心で、つい弱々しい言葉が出てしまう。屈辱だ。でも意外にも効果はあったようで、世良はゆっくりと腕を下ろした。

あの、顔にまとわりつくハエみたいにしつこい世良が、こうもあっさり引くなんて。不気味なものを感じつつも、私は何も言わず階段を下りていく。

「君の秘密……誰が僕に教えたか、気になってるんじゃない？」

踊り場で足を止める。

私の、秘密。汐《うしお》のことが好きだったこと。それを、誰が、世良に喋ったか。

息を吹き込まれた木炭みたいに、身体《からだ》の芯に熱が蘇《よみがえ》る。

私が捜していた犯人。裏切り者。たしかに、ずっと気になっていた。世良が教えてくれるならそれに越したことはない。でも、こいつに耳を貸したところで、状況が好転するとは微塵《みじん》も思えなかった。むしろ話せば話すほど、術中に陥る。

なら、どうする？

「マリンちゃんのこと、噂《うわさ》で聞いたよ。階段から落ちたんだって？　大変だね。しかも、君がその場にいたとか」

悩んでいると、世良は私の背中に語りかけてきた。

「みんなは君がマリンちゃんを突き飛ばしたって思っているみたいだけど、違うよね？」

私は肯定も否定もしない。

こいつとは話したくない、と思っていても、耳はそっちに傾いている。

「もちろん、僕は違うと思ってるよ。僕を二度もぶん殴った君でも、さすがに友達を階段から突き飛ばすなんて考えにくいからね。なら問題は、どうして君が周りからそんなふうに思われてるのかってことだ」

世良《せら》は喋《しゃべ》り続ける。

「その原因は、僕にあるかもしれないと思ったんだよ。謹慎が終わってから、君は一層周りの人たちに強く当たっているみたいじゃないか。単なる謹慎の憂さ晴らしか、それとも君の秘密が漏《も》れていることで疑心暗鬼になっているのか……僕は後者だと考えたんだけど、どうかな？」

「……なんで」

今度は私が世良を見上げる。

天秤《てんびん》は、知りたいという欲求のほうに傾いた。

「そんな、見てきたように詳しく話せんの？」

「A組の子から聞いたんだよ。そこから状況を推察してみた。こういうことばかり得意でね」

世良は軽く肩を竦《すく》める。

「見てのとおり、僕は適当に生きてるからさ。多少のことは面白がることができるんだけど、今回ばかりは責任を感じてる。あんなこと言わなきゃよかったって、後悔してるんだ。君には本当に申し訳ないことをした」

そう言って、世良は頭を下げた。

何か、違和感がある。でも今はその正体を探るより、犯人を知りたかった。

「誰なの」

階段を上って、世良に近づく。

「誰が、私の秘密をあんたに教えたの」

心臓が高鳴る。

犯人を知りたい。そいつさえいなければ、マリンが階段から転落することも、私がシーナに責められることもなかった。

絶対に、償わせてやる。

世良は唇《くちびる》を舐《な》めた。

「まず、マリンちゃんではないよ」

……まぁ、それはそうか。

もしマリンが犯人だったら、私の罪悪感も多少は薄くなっていた。もちろん、だからといって残念とは思わない。それよりあの子を強く疑ったことがただただ申し訳なくて、そんな自分が不甲斐《ふがい》なかった。

マリンが除外されると、残りは三人だ。

シーナはないだろう。一番可能性が低い。噂《うわさ》話や浮いた話に興味があるタイプではないし、私にも従順だった。まぁそれは昨日までの話だけど。

なら残りは二人……やっぱり、夏希《なつき》と紙木《かみき》が怪しい。夏希は口が軽いし、紙木は私のことを嫌っている。どちらが世良《せら》にチクっていてもおかしくない。なんならそのどちらかが世良以外の人に喋《しゃべ》っている可能性もある。そしたら容疑者の数はもっと――。

「ていうかね、いないんだ」

世良は言う。

「友達から聞いたって言ったけど、あれさ、嘘《うそ》なんだよね」


「……え?」

ぱさり、と手にしていたレジ袋が落ちる。

嘘?

嘘って、どういうこと?

「友達から聞いたんじゃなくて、単に自分で気づいたんだ。君が汐《うしお》を殴ったときの様子を聞いて、もしかしたらってピンと来たんだよ。ようするに勘さ。君の反応を見て、ビンゴだと確信したよ。まぁ外れたら外れたで、君に対する揺さぶりになるかなーっていう、わりと軽い心積もりだったんだよね」

それがこんなことになるとは、と世良は驚いたふうに言う。

まだ、話を飲み込めない。一体、何を言ってるの？

なんで、そんな嘘をつくの？

「どうして……」

か細い声が喉《のど》から漏《も》れると、世良はいたずらがバレた子供のように笑った。

「なんか、そう言ったほうが後々面白くなると思って」

世良の言葉が、真っ白になった頭の中で反響する。

面白くなる。たったそれだけのことで、私は。

「いやー、マジでごめんよ。ほんと反省してるからさ。でもアリサちゃん的にはそう悪いことでもないんじゃない？」

だってさ、と言って続ける。

「君の秘密を喋った人は、誰もいなかったんだから」

それは、つまり。

犯人なんて、最初からいなかった。

じゃあ、私は、なんのために友達を疑って、怒らせて、傷つけて、悲しませて。

「お騒がせしたみんなにも謝りたいところだけど、僕はほら、A組出禁になっちゃったからさ。君のためにできることはあんまりないんだよね。あ、でも教室の外でA組の子と会ったら、そのときはちゃんと説明しておくよ。それでいいよね？」

何もよくない。

こいつ一体、なんなんだ、本当に。

「言いたいことは言えたから、僕は帰るね」

世良《せら》は階段を下り始める。

私は全身を何かに乗っ取られたように動けない。脳内で渦巻くいろんな感情を、何一つ把握できないまま、立ち尽くしていた。

「あ、それとさ。これは教訓にしてほしいんだけど」

世良が私の横で立ち止まる。

「僕みたいな人間の言うことは、あんまり真に受けないほうがいいぜ」

決め台詞《ぜりふ》のような言葉を吐いて、また、歩きだした。

背後から、ご機嫌な鼻歌が聞こえていた。


頭の中の砂嵐《すなあらし》は、五時間目になっても収まらなかった。

先生の声が、まったく耳に入ってこない。五感すべてが曖昧《あいまい》だった。自分自身が遠くにいるような感覚がして、自分のつむじを見下ろせそうだ。時間の感覚も、ぼんやりしている。屋上前の踊り場にいたことが、ほんの数分前にも、何時間も前のことのようにも思えた。

『僕みたいな人間の言うことは、あんまり真に受けないほうがいいぜ』

世良の言葉が蘇《よみがえ》る。

本当に、そのとおりだった。

私が何よりも後悔しているのは、マリンやシーナの言葉ではなく、大嫌いな世良の言葉を、信じてしまったこと。

思えば、あのときシーナの言ってたことは、正しかった。

『そもそも、誰も告げ口なんてしてない……と思う、けど』

マリンの言ってたことも。

『あんな嘘《うそ》なのか本当なのかも分からない言葉なんか無視しなよ』

どうして、友達を信じられなかったんだろう。

どうして、世良の言葉なんか信じちゃったんだろう。

『あなたは自分にとって不都合なことから、全力で目を背《そむ》けてるだけ』

シーナは、そうも言ってたっけ。

あのとき図星を突かれたみたいな気持ちになったけど、考えてみると、おかしい。私が本当に不都合なことから目を背けているなら、世良の言葉も無視していたはず。

……ああ、そっか。逆なんだ。

不都合だから、過剰に反応してしまうんだ。一刻も早く自分にとっての異物を取り除きたくて、強引な手段を取ってきたんだ。

そしてついに、今までのツケが回ってきた。

ただ、それだけのこと。

『で、これからどうすんの？』

自分自身が、問いかけてくる。

どうしよう。全然、分からない。マリンやシーナに謝ればいい？　そうしたら、また仲よくしてくれる？　無理だ。もう修復不可能なところまで来てしまった。今まで間違えすぎた。何をやっても手遅れだ。きっと他のクラスにも私のことは伝わっている。いずれ先生にも届くだろう。誰も、私に歩み寄ろうとはしてくれない。

私の高校生活は終わりだ。

これからは後ろ指を指されながら、高校を卒業するまで、一人で学校生活を送っていくしかない。そんなの嫌《いや》だ。どこか、遠くへ行きたい。誰も私を知らない場所へ行きたい。全部やり直したい。高校を卒業したら、次は絶対、大人しく生きる。誰とも衝突しない。人のことをバカにしない。気に食わないものがあっても排除しようとしない。新しく友達を作って、誰も憎まず、平穏に生きる。絶対そうする。今は、耐えなきゃ。卒業するまで、あと一年と数か月……ああ。こんな惨《みじ》めな気分をあと一年以上も味わわなきゃいけないなんて、冗談でしょ……。

『でも、どうしようもないって。それだけのことをやったんだからさ』

分かってる。何も言わないで。

『全部、あんたのせいよ』

黙れ。

頭の中でうるさくしないで。お願いだから、静かにして。

何をやってもマイナス思考が止まらない。後悔が、悲愴《ひそう》が、溢《あふ》れてくる。

苦しい。動悸《どうき》が激しくなって私は机に突っ伏す。胸に強く手を当てる。息ができない。呼吸の間隔がどんどん短くなる。溺《おぼ》れてしまう。水中にいるわけでもないのに。空気が。目の前が。

霞《かす》んでいって。

『退学になればよかったのに』

パチン、とブレーカーが落ちたように、頭の中の砂嵐《すなあらし》がやんだ。

次第に呼吸が落ち着いてくる。

私は頭を上げた。

気づいてしまった。自分が、何をすべきかを。

簡単なことだった。

「先生」

私は挙手する。

「トイレに行ってもいいですか」

歴史の先生は、「ああ」と頷《うなず》いた。

椅子《いす》から立ち上がり、教室を出る。

どこも授業中だから廊下に人気《ひとけ》はない。今は太陽が教室側にあるせいで、廊下の空気はひんやりとしていた。おかげで五感が冴《さ》えてくる。

さっきまで混沌《こんとん》としていた頭の中が嘘《うそ》みたいに、思考はクリアだった。しかも、かつてないほど落ち着いている。怒りも悲しみも後悔もない。今はただ、一つの目的と、それを遂行するための覚悟しか、持っていなかった。

私はD組の教室に入る。

「なので自動詞となる場合、ここにはingをつけて――え？　に、西園《にしぞの》さん？」

先生を含むD組全員が、後方のドアから入ってきた私のほうを向いた。その中から目当ての人物を見つけ出すのに、三秒もかからなかった。D組で髪を染めているのは、一人だけだから。

私はみんなの注目を集めながら、教室の真ん中辺りにいる世良《せら》の席へと近づいた。

「あ、あの～、西園さん。今、授業中なんだけど……」

先生の言葉を無視して、世良のそばで足を止める。すると世良は、驚く様子もなく、座ったまま私を見上げた。どう考えてもおかしな状況なのに、落ち着いている。まるで自室で友人を迎えるような態度で、顔には薄い笑《え》みさえ浮かんでいた。

「なんの用かな、アリサちゃん」

「……男子ってさ」

私は隙《すき》を探りながら、言葉を続ける。

「教室に乗り込んできたテロリストを、一人で撃退する妄想とか好きなんだよね」

世良は目を瞬きさせると「うーん」と小さく唸《うな》った。

「それは人による――」

今。

私は自分の拳を、しっかり体重を乗せて、世良の顔面にぶつけた。

椅子から転げ落ちる世良。悲鳴を上げる英語の先生。教室は、蜂《はち》の巣をつついたみたいに騒がしくなる。私の近くに座っていた生徒が、椅子から立ち上がり、急いで私から距離を取った。

私は冷静だった。

青空を映す無風の湖面のように、感情の波は凪《な》いでいた。

自分が何をしたのか。次はどうするのか。それが終わったらどうなるのか。すべて理解したうえでの行動だった。躊躇《ちゅうちょ》も爽快《そうかい》感もなかった。私は自分を客観的に見つめることができていた。

仰向けに倒れていた世良《せら》が、上体を起こす。だらだらと鼻血を流し、襟元《えりもと》を赤く汚していた。それでも笑っていた。さっきよりも嬉《うれ》しそうだった。

「おいおい！　君マジでやばいだろ！」

私は世良の腹を踏んづける。カエルを潰《つぶ》したような声。そのまま馬乗りになって、さらに拳を顔面に叩《たた》き込んだ。

何度も叩き込んだ。

ガードされたらこじ開けて、腕を掴《つか》まれたら噛《か》みついた。拳の出っ張った部分の皮がめくれて痛かった。それでも私は拳を振り下ろし続けた。

「ちょ、待っ、くっ、ふ、ははっ、あっはっはっは！」

世良は殴られながらゲラゲラ笑っていた。

周りの男子たちが私を取り押さえる。

他の先生が教室に入ってくる。

それでも私は冷静だった。

冷静だったと思う。

＊

「自暴自棄っつうか病んでるだろもう」

放課後が訪れるなり、クラスメイトの誰かが言った。

西園《にしぞの》の殴り込みは、他クラスを巻き込んで授業が一時中断されるほどの騒ぎになった。A組では騒ぎを聞きつけた歴史の先生が様子を見に行き、それから一〇分以上も帰ってこなかった。

五時間目が終わると、D組の生徒が教室にやってきて、一部始終を語った。

いきなり教室に西園が入ってきて、世良をボコボコにしたんだよ――。

信じがたい話だったが、事実、西園はトイレに行くと言ったきりA組に戻ってきていない。

世良に関しては病院に運ばれたと聞いた。もはや疑う余地はなかった。

どうしてそんなことに……。

後がないのは西園も分かっているだろうに。破滅願望でもなければ、わざわざ授業中に殴り込むなんてことはしない。今度こそ退学になるかもしれない。

もしかして、それが目的だったのか？

今日の西園は、朝から様子がおかしかった。なんというか……かなり、追い詰められているように見えた。目の下に濃いクマができていて、なのにまぶたはテープで貼《は》り付けたみたいに上がっていた。迂闊《うかつ》に触れると、張り詰めていたものが弾《はじ》けてしまいそうな危うさがあった。もし西園が退学を望んでいたなら、あの自暴自棄な行動にも説明がつく。

いや、でも、退学を望むって……一体、何があったらそんなことになるんだ。さすがに考えすぎだろうか。

「紙木《かみき》くん」

帰り支度を済ませた星原《ほしはら》が俺の席にやってきた。そばには汐《うしお》もいる。

「帰ろっか」

「あ、ああ」

思考を中断して、俺は席を立つ。鞄《かばん》を肩にかけて、三人で廊下を出た。

昇降口に着くまで、英語の宿題とか、歴史の小テストとか、そんな何気ない話で間《ま》を埋める。けど大事件とも呼べる西園《にしぞの》の殴り込みには、誰も触れなかった。汐の前で西園の話をしない、という暗黙の了解を、俺も星原も守っている。

ただ……汐は、あのことをどう思っているんだろう。

西園の話題を切り出すつもりはないが、気にはなっていた。たぶん、星原もそうだ。さっきから気もそぞろで、何度か顔色を窺《うかが》うような目線を汐に向けていた。

昇降口に着くと、廊下の壁にもたれる真島《ましま》を見つけた。俺たちに気づくと、「よっ」とギプスを嵌《は》めていないほうの手を挙げる。星原も同じようにして応《こた》えると、とてて、と真島のほうに駆け寄った。

「誰か待ってるの？」

待つとしたら親だろうか。あの腕では自転車にも乗れないだろうから、迎えを頼んでいるのかもしれない。

「あー、ちょっとね。アリサを待ってるの」

「え、アリサ……？」

少しだけ星原が顔を強張《こわば》らす。

「下駄箱にアリサの靴が残っててさ。だからまだ学校にいるはずなんだよね。下校する前に、ちょっと話そうと思って」

「へえ、そうなんだ……」

なんでもないふうを装っているが、かなり気がかりな様子だ。迷うような間を置いて「何を話すの？」と質問する。

「まぁ、いろいろだよ。今日のこととか、昨日のこれとかもね」

そう言って、真島は首から三角巾で吊《つ》るされた自分の右腕を見下ろす。

星原は「へえ～……」とやけに間延びした相槌《あいづち》を打つと、ちら、と一瞬だけ汐のほうを見た。帰らなきゃ、でも気になる、そんな葛藤《かっとう》が目に浮かんでいた。汐もそれを察したようで、やれやれと嘆息する。

「気になるなら一緒に待ちなよ。先に帰っとくからさ」

「うう、ごめん……」

「別に謝らなくていいけど……」

汐《うしお》は俺のほうを見て「行こうか」と言う。

「ん、ああ……」

俺は後ろ髪を引かれながら、下駄箱へと向かう汐に続いた。

正直、俺も興味はある。だけど汐を一人で帰らせるのは悪い。ここは我慢して、明日になったら星原《ほしはら》に話を聞こう。

けど。

もし西園《にしぞの》が退学することになったら、と考える。あいつと話す機会は、今後失われるだろう。未練があるわけでもないが、どうにも後味が悪かった。あまり関わりたくないヤツとはいえ、退学までは望んじゃいない。

A組の下駄箱を前にしたところで、汐にじっと見つめられていることに気づく。

「な、なんだ?」

「……もしかして、咲馬《さくま》も気になってる?」

す、鋭い。というか俺が分かりやすいだけか。でもここは素直に認めるわけにはいかない。

「いや、別に全然。西園のこととかどうでもいいし……それより早く帰ろうぜ」

下駄箱のボックスから靴を取り出そうとして、指先が宙を滑る。靴がない、と思ったら違うボックスに手を突っ込んでいた。何をやっているんだ俺は。

汐がまた俺のことを見てくる。今度はちょっと責めるような目で。ダメだ。諦《あきら》めよう。

「……ごめん。本当はちょっと気になってる。でも心配してるとかじゃなくて、結果が知りたいだけなんだ。それにヤケになった西園が星原たちに乱暴する可能性とかも——」

「分かったよ。ぼくも残る」

最後まで言い切る前に汐は言った。ちょっと不機嫌そうで、俺は慌てる。

「や、やっぱ帰ろう！　考えてみたら別に話したいことないし、晩ご飯の米炊かなきゃいけないの思い出したわ」

「気を使わなくていいってば。ぼくもちょっと話したいことあるし」

そう言って、汐は星原と真島《ましま》のもとへと戻った。

自分の分かりやすさが恨めしい。内省しながら、俺もあとを追う。

星原と真島が談笑しているところに、俺と汐が加わる。最初は星原も汐のことを心配してかあたふたしていたが、話しているうちに無駄な気遣いはなくなっていった。

下校ラッシュを過ぎると昇降口からは人気《ひとけ》がなくなり、閑散とした空気が漂い始める。日は傾きつつあった。

「そういや、マリンはどうやって帰るの？」

星原が真島に話を振った。

「バスで帰るよ。自転車に乗れないこともないけど、ちょっと危ないからさ」

「まぁ、そうだよね。利き腕使えないと不便そ～……放課後暇だったら電話しようね」

「お、いいね。でも部活には顔出す予定だから、そんな暇にはならないんだよね。一応キャプテンだし。それにボールが投げられなくても、指示は出せるからさ」

「あ、そっか。さすがだなぁ」

感心する星原《ほしはら》。俺も「へえ〜」と間の抜けた感嘆を漏《も》らす。

「なんか、真島《ましま》が指示出してるとこ想像できないな」

「お？　さてはバカにしてるな？　言っとくけど私、女子ソフトじゃ参謀的なイメージあるんだからね」

「え〜参謀〜？」

ちょっと笑ってしまいそうになる。真島の朗らかな印象とは真逆だ。でも実際、真島は汐《うしお》に負けず劣らず嗅覚《きゅうかく》が優れているし、誇張ではないのだろう。

「これでもコーチと一緒に戦略とか考えてるし——あ」

何かに気づいたような声を上げて、真島は俺の背後に目をやる。

後ろを向くと、廊下の奥から西園《にしぞの》と知らない女性がこちらに歩いてきているのが見えた。

俺たちを取り囲んでいた和気あいあいとした空気は霧消し、緊張が走る。俺は息を呑《の》んで、その二人がやってくるのを待った。

西園は俯《うつむ》きがちに、とぼとぼ歩いている。隣にいる女性は母親だろう。西園の面影がある。二人とも、その足取りから深い疲労感が見て取れた。

「アリサ」

真島が呼ぶ。

西園は顔を上げると、暗い顔をさらに曇らせた。

「……マリン」

「あ、凜《りん》ちゃん……それに夏希《なつき》ちゃんも」

二人が俺たちの前までやってくると、母親が「いつもアリサがお世話になってます」と言って頭を下げた。いえいえ、と星原と真島は口を揃《そろ》える。

母親のことを近くで見てみると、やはり西園に似ていた。特に神経質そうな目元がそっくりだ。目の下には、うっすらクマができていた。

「あれ？　凜ちゃん、その腕どうしたの？」

「あ、これは……ちょっと、階段で転んじゃいまして」

はは……と苦笑いする真島。

西園が母親に「ねえ」と声をかけた。

「先に行ってて」

「え？　まぁいいけど……これから病院で謝らなくちゃいけないんだから、急ぎでお願いね」

母親は土間に置いていた靴を履いて、昇降口から出て行った。声が届かないくらい離れたのを確認して、西園は俺たちのほうを見る。

「……なんでいるの」

声や態度に刺々《とげとげ》しさがなくなって、どこか怯《おび》えの気配があった。

好き嫌いにかかわらず、普段強気な人間が弱っているところを見ると、変なショックを受けてしまう。特に真島《ましま》は、弱り切った西園《にしぞの》の姿にひどく困惑しているようだった。

「アリサを待ってたんだよ。その……どうなったか、話を聞きたくて」

真島はおずおずと訊《たず》ねた。

「どうって、何が」

「謹慎とか、いろいろあるじゃん」

西園は目を伏せて、自分の腕を握る。そのとき、両手の拳に包帯が巻かれていることに気がついた。ボクサーのバンテージみたいに、指の付け根をぐるりと覆っている。怪我《けが》……もしかして世良《せら》を殴ったときにできた傷だろうか。噂《うわさ》は本当のようだ。

西園は何もないところを見つめながら、静かに口を開く。

「退学になった」

「え……」

真島は言葉を失う。

俺も星原《ほしはら》も、似たような反応をした。汐《うしお》だけが冷然と受け止めていた。

大方予想していたものの、西園の口から聞かされると、その言葉の重みに声が出ない。だが当然の結果ともいえた。謹慎を終えたばかりの身で耳を疑うような暴行に走ったのだ。世良の状態によっては、謹慎や退学どころか警察沙汰《ざた》になってもおかしくなかった。

「……ただ」

西園は目を逸《そ》らしたまま続ける。

「二学期いっぱいまで様子を見るらしくて……それでも考えが変わらなかったら、正式に退学ってことになった」

ようするに執行猶予《ゆうよ》みたいなものか。西園のしたことを考えると、十分寛大な処分だ。きっと伊予《いよ》先生が必死に弁護したのだろう。

「じゃあ、まだ決まったわけじゃないんだね。よかった……」

胸を撫《な》で下ろす真島に、

「私、もう学校に来ないから」

西園は、はっきりと断じた。

「え、ど、どうして？」

「……もう、何もしたくないの。ほんと……何もかも疲れた。それに私は、学校にいないほうがいい存在だから」

「そんなことないよ」

「もう気を使わなくていい。マリンなら分かるでしょ」

西園《にしぞの》は一向に誰とも目を合わせようとしない。まるで視線を定めることすら億劫《おっくう》のようだ。それでもこうして話し合いに応じているのは、きっと何か伝えたいことがあるからだろう。あるいは、これが最後だから、せめてもの罪滅ぼしで真島《ましま》に付き合っているだけかもしれない。

西園はさらに視線を落とす。

「私ね。誰と関わっても、その人のこと、最終的には嫌いになっちゃうの。人のいいところはすぐ忘れるくせに、嫌《いや》なところばかり、覚えちゃうの。それで勝手に暴走して、周りに当たり散らかして……全部、台無しにしてしまう。減点法でしか、人と関われないの。いないほうがいいんだよ、私みたいな人間は」

「そんなことないよ」

同じ言葉を、真島はさっきよりも大きな声で繰り返した。

「中学のときからちゃんと関われてたじゃん。そりゃ最近はちょっと疎遠になってたけど……これからまた仲よくなればいいんだよ。みんなにちゃんと謝って、少しずつ信頼を回復していけば……」

先細りしていく声。

諦《あきら》めたように首を振る西園が、真島の言葉を完全に止めた。

「そんな気力、もうない」

ため息交じりに言う。

「物心ついた頃《ころ》から、ずっと意地張ってた。誰にも負けたくなかった。舐《な》められたくなかった。だから言葉と度胸を磨いてきた。誰にも隙《すき》を見せないようにしてきた。でも、結局そんなことをしても疲れるだけで、得られるものなんてほとんどなかった……」

ふっ、と自嘲《じちょう》する。

「私、今まで何と戦ってきたんだろ」

その姿があまりに痛ましくて、俺はつい目を逸《そ》らしそうになる。

誰も、何も言えなかった。無言の間《ま》が続いた。昇降口に冷えた風が吹き抜けて、西園のスカートをわびしく揺らす。

俺は一つの末路を見ているような気分になった。誰かを傷つければ、それは必ず自分に返ってくる――いつだったか、伊予《いよ》先生がそんなことを言っていたのを思い出す。差別的な言動を繰り返し、気に食わない存在を弾圧してきた西園は、今、自分が犯した過《あやま》ちに押し潰《つぶ》されそうになっている。

そうなって当然だ、と思う気持ちと、でもちょっと可哀想《かわいそう》だ、という哀れみが心の中で同時に発生する。それでも、俺から西園にかける言葉は存在しなかった。

貝のように口を閉ざしていた西園は、ゆっくりと吐息を漏《も》らす。

「……マリンに、言っておきたいことがあるの」

西園が強く拳を握るのが分かった。少しでも気力を充填《じゅうてん》しようとしているのかもしれない。

それを察した真島《ましま》は、今まで以上に真剣な面持《おもも》ちで、西園《にしぞの》の言葉を待つ。

西園は今から告白でもするみたいに息を吸い、顔を歪《ゆが》ませ、そして、

「ごめんなさい……」

と震える声で謝った。

「あのときマリンを押しちゃって、ごめんなさい。冷たくしたり、ひどいことを言ったりして、ごめんなさい……」

西園の目からぼろぼろと涙がこぼれた。鼻が赤くなり、声に嗚咽《おえつ》が交じる。

「大怪我《けが》なのに、私のこと庇《かば》ってくれて、なのに私、言い訳なんてしてごめんなさい……。他にもいろいろ、嫌《いや》な思いさせたり、迷惑かけたり、なのに全然謝れなくて、それで、これだけ気を使ってくれてるのに、最終的に、逃げ出すみたいになっちゃって、ごめんなさい……。もう、今さら謝ったって、全部遅いのに、許してもらえるなんて、思ってないけど、でも、謝っておきたくて、だから、私……」

「許すよ」

真島は微笑《ほほえ》んだ。ポケットからハンカチを取り出すと、涙が溢《あふ》れっぱなしになった西園の目元を、世話焼きな母親みたいに拭《ぬぐ》い始める。

「アリサがずっと肩肘《ひじ》張ってたのは知ってる。私こそもっと早く止めておくべきだった。これからは、もっと人に優しく生きようよ。そしたら全然、間に合うよ。私もアリサも、まだ一七

歳なんだから……」

「……無理だよ」

嗚咽を漏《も》らしながら、西園はゆっくりと真島の手をどかした。

「さっき言ったけど、もうそんな気力ない……今は、最後だから頑張れてるだけ……」

「でも……」

西園は自分の袖《そで》でごしごしと目元を拭《ぬぐ》う。そして今度は、汐《うしお》のほうを向いた。

「……汐」

「……！」

呼ばれると思っていなかったのか、汐は驚いたように目を見開いた。でもそれは一瞬のことで、すぐに顔から表情を消す。汐の目には感慨も哀愁もなく、ただ無機質に光っていた。

「あなたにも、すごくひどいことをした。世良《せら》が言ってたことは……本当、だけど、それが免罪符にならないことは分かってる。あなたの大事なものを踏みにじって、本当に、ごめんなさい」

西園は、深く頭を下げた。

ツインテールがほぼ垂直に垂れ下がり、こちらにつむじが向く。

重い沈黙が下りた。静かな昇降口に、グラウンドから届く運動部のかけ声が反響する。汐が黙っているあいだ、西園はずっと頭を下げ続けた。

やがて、はぁ、と諦《あきら》めたように汐《うしお》がため息をつく。

「顔、上げてよ」

西園《にしぞの》は言われたとおりにした。頭を上げた瞬間、眼球に溜《た》まっていたと思《おぼ》しき涙が、両目から同時に流れた。

「悪いけど……許すのは無理だよ。でも償いはいらない。ぼくに何もしてこないなら、あとはもう、君の好きにすればいい」

痛みに耐えるように、西園は唇《くちびる》を噛《か》んだ。

それでいい、と俺は思った。

汐が西園から受けた仕打ちは、真島《ましま》の件とは完全に別問題だ。いくら西園の悪行を真島が許したからといって、汐まで許容する必要はない。それは他の四人も理解しているだろう。ここで汐を非難できるヤツはいない。

「……ごめんなさい」

最後に一度だけ謝って、西園は星原《ほしはら》に視線を移した。

「……夏希《なつき》にも、謝る。あなたにも散々ひどいことを言った。今まで優しくしてくれたのに、何一つ恩返しできなくて、ごめんなさい」

「いいよ、全然……」

鼻声で星原は答える。目は涙ぐんで、少し鼻水が出ていた。

星原もかつては西園グループの一人だった。汐を巡って西園とは致命的な溝が生まれたものの、仲のよかった過去がなくなるわけではない。優しい星原のことだ。もしこの場に汐がいなければ、もっと親身になって、西園を引き止めていたかもしれない。

「私こそ、アリサの秘密、紙木《かみき》くんに喋《しゃべ》っちゃってごめん……」

「……そのことは、もういい。あれは完全に、私のせいだから……」

ずず、と西園は鼻を啜《すす》ると、ゆっくりと俺のほうを見た。

「……」

「……」

「……紙木も、ごめん」

なんなんだ、さっきの間《ま》は……。

いや、分かるよ。正直、俺はそんなに重要ではない。自覚はある。そりゃあ過去には口論になったり蹴《け》られたりもしたが、真剣に謝罪されるほどのものではない。でも状況的に、俺にだけ謝らないのは西園にとって収まりが悪かったのだろう。むしろここに居合わせた俺が悪い。

「いいよ、別に。俺に関しては、どうでも」

西園は、役目は終えたといわんばかりに深く息を吐いて、背を向けた。

「じゃあ、帰るから」

「ちょ、待ってよ」

真島《ましま》の制止に、西園《にしぞの》は立ち止まったものの、振り返らない。

「本当にもう学校来ないの？」

「来ない」

「退学したら……アリサ、中卒になっちゃうよ。勉強とか、進路とか、就職とか、絶対いろんなことで困るから。高校は辞めないほうがいいって」

「勉強したくなったら、通信制の高校に入る。そもそも義務教育じゃないから無理して学校に行く必要ない」

「いや、でもさ……友達との思い出は、学校に通わなきゃ得られないと思うし……」

「そんなの、どうでもいい」

「学校行かなかったら、すっごく暇になるよ。最初はいいかもしれないけど、そのうち退屈で病んじゃうかも」

「そのときはバイトでも始める」

「じゃあ」

「いい加減にしてよ、もう……」

うんざりした表情で西園は振り返った。

「なんでそこまでして引き止めるの？　どうでもいいじゃん、私のことなんか。正直……そんな……めちゃくちゃ仲よかったわけでもなかったし……」

「……私たちが仲よくなったきっかけ、覚えてる？」

唐突に、真島は違う話を始めた。怪訝《けげん》な顔をする西園を置いて、懐かしむように続ける。

「中二の頃《ころ》にさ。アリサがシーナに付き纏《まと》ってたヤツを撃退したことがあったでしょ？　シーナもそうだけど、あれ、私も感謝してるんだよ」

以前、食堂で椎名《しいな》から聞いた話だ。木製のでかい三角定規で厄介者の男子をボコボコにした、西園の武勇伝。

「あの頃の私、困ってるシーナの相談に乗るくらいしかできなくて……結構、辛《つら》かったんだよ。先生に報告しても、何も解決しなかったし。そんなとき、アリサがぶっ飛ばしてくれて、本当に助かったんだ。ほんと、ヒーローだと思った」

「……」

「私はシーナのことが大好きだからさ。そんなシーナを守ってくれたアリサに、私も恩を感じてるんだよ。だから、こうやって引き止めてるの。アリサがどれだけ非行に走っても、過去にシーナを救ってくれたことは、変わらないから」

「……そんなこと、言われても」

苦しげな表情で、西園はぐっと胸元を押さえる。行き場のない感情が、瞳《ひとみ》で揺れていた。

「過去は過去だよ。マリンが私に恩を感じてることが変わらないなら、シーナが私のことを許さないのも、きっと変わらない……。もし私が明日からも学校に行くとして、シーナにどんな顔して会えばいいのか……」

「私が、何？」

ビクッ、と西園《にしぞの》が肩を震わす。俺も少しびっくりした。

いつの間にか、椎名《しいな》が俺たちの近くまで来ていた。部活を終えたところだろうか。さらに俺たちのもとへと近づいてくると、冷ややかな顔で腕を組む。どこか、威圧するような雰囲気があった。

「し、シーナ……」

西園が萎縮《いしゅく》した声を上げる。

完全に以前とは立場が逆転していた。今の西園にとって椎名はかくも恐ろしく映るらしい。目を泳がせ、自信なさげに肩を丸めている。

「ごめん。実はちょっと前から廊下の角で聞いてたの。出るタイミングを失ってたけど、私の名前が聞こえたから」

すぐに出てきたらよかったのに……と思ったが、今朝のことを考えると無理もない。おそらく今も椎名は、西園のことを恨んでいる。登場しにくい気持ちは理解できた。

真島《ましま》が「どこから聞いてたの？」と訊《たず》ねた。

「アリサが退学するってところから」

「ほぼ最初からじゃん……」

椎名はこほんと咳払《せきばら》いして、西園に鋭い視線を向ける。

「それで。アリサは、何を言いたかったの？」

「何って、それは……分かるでしょ……」

「分からない。澄ました顔してるけど何も考えてないから」

それは以前、体育館裏で西園が椎名に放った言葉だ。どうやら根に持っているらしい。いかにもな意趣返しだが、今の西園には効いたようだ。気まずそうに目を伏せて、黙り込んでしまった。

「黙ってたら分からない」

椎名が追い打ちをかけると、西園は観念したように口を開いた。

「シーナに、合わせる顔がない」

「それで？」

「……私は、あなたにひどいことをたくさん言った。あなたは私のことを慕っていてくれたのに、私は、あなたのことを信じてやれなかった。それに、何より……」

西園の目に、再び涙の膜が張る。

「あなたの大事な友達を傷つけてしまって、ごめんなさい……」

今日だけで、西園の口から何度も「ごめんなさい」を聞いているが、その一つひとつにたしかな重みがあった。少なくとも俺はそう感じた。

その重みが、椎名《しいな》にどこまで響くだろうか。

椎名が俺たちの話を聞いていたということは、西園《にしぞの》が謝るところも耳にしていたはずだ。そして、真島《ましま》が許したことも。

椎名は組んでいた腕を解《ほど》き、だけど表情は変えず、西園に言う。

「謝って済む問題じゃない」

「っ……」

シビアな現実を突きつけられた西園は、辛《つら》そうに唇《くちびる》を噛《か》んだ。

「あなたには、中学のときに助けてもらった恩がある。だけど今回ばかりは看過できない。マリンは優しいから、あなたのことを許したけど……私は謝罪だけじゃ許せない」

「いや、でもさ」

真島が横槍《やり》を入れた。

「怪我《けが》したのは私なんだし……本人が許してるならそれでよくない？」

「ダメ」

即答だった。真島の保護者でも親族でもない椎名が頑《かたく》なに許そうとしないのは、それだけ真島のことを大切に想《おも》っているからだろう。でも、だからといって西園に退学を促すようなことはしないはずだ。

椎名は、西園に何を望んでいるのだろう。

「私ね、大学は推薦を狙《ねら》ってるの」

突拍子もない話題の転換に、西園は不安そうに眉《まゆ》を下げた。

「だけど今のままだと、内申点が心許《こころもと》なくてね。今度、伊予《いよ》先生が言ってたボランティアに参加しようと思うの。ただ、一人だけだとちょっと心細くて……」

椎名は、わずかに頬《ほお》を緩める。

そのとき、俺は気づいた。椎名の目尻《めじり》がわずかに赤くなっていることに。まるで強くこすったような痕《あと》。ひょっとして、と思う。

「もし、アリサが一緒に参加してくれるなら……私は、許してあげてもいい」

西園は驚いたように目を見開いた。

「そ……そんなことでいいの？」

「嫌《いや》ならそのまま退学してもらって構わないけど」

「や……それは……」

西園は当惑している。返す言葉を探すように口を震わせていると、一筋の涙が頬を伝った。西園が慌ててそれを拭《ぬぐ》っても、涙は次から次へと溢《あふ》れてくる。ひゅうひゅうと息が漏《も》れ、やがて取り繕うのも諦《あきら》めたように、泣きじゃくった。

たぶん、椎名はすでに許している。だけど真島の手前、そう易々と謝罪を受け入れることはできなかった。だからボランティアを持ち出して、西園に償いの機会を与えたのだろう。真島もそうだが、椎名《しいな》も大概、優しい。

「参加……する……」

西園《にしぞの》は、鼻声で椎名の提案に乗った。真島《ましま》と椎名が寄り添い、そこに星原《ほしはら》も歩み寄る。

慰められる西園に、かつての威厳は感じられない。そこにあるのは純然な弱さだ。でもその弱さには、憑《つ》き物《もの》が落ちたような安らぎと余裕が同居していた。

西園は、ようやく戦いから下りることができたんだろう。

西園の戦っていた相手。それは世良《せら》でも汐《うしお》でも、ましてや真島や椎名でもなく、きっと自分自身だ。月並みな話ではあるが、それに気づけない人間はきっとごまんといる。俺だってそうかもしれない。西園に気づいた自覚があるのかどうかは分からないが、真島や椎名がいるから、たぶん、もう大丈夫だ。

ちら、と俺は隣を見る。

汐は退屈そうにあくびを噛《か》み殺していた。

それでいい、と俺は思った。

＊

西園が弱さをさらけ出した、その日の夜。

時刻は午後八時のちょっと前。俺は川沿いの道を、冷たい夜風を切りながら自転車で進んでいた。

不法投棄の温床となっていた河川敷は、前よりも綺麗《きれい》になっていた。ボランティアはもう始まっているらしい。ずっとなくならないと思っていた粗大ゴミは撤去され、川上のほうから草刈りが進んでいる。いずれここの清掃に、西園と椎名も加わるのだろう。

この町は見放されている。そう思っていた。

汚れても仕方がない、そういう場所だから。そんな烙印《らくいん》を、椿岡《つばきおか》という町そのものに押されていると感じていた。

でも、町を綺麗にしたいと願う人たちは、ちゃんといた。そこにどんな事情が絡んでいようが、町の美化に手を尽くす人がいて、実際それは進んでいる。いずれ、椿岡でホタルが見られる日がまた訪れるかもしれない。

川沿いの道を外れ、メールで教えてもらった目印を頼りに、住宅街を進む。そしてある二階建ての前で、自転車を止めた。

俺は電話をかける。

「着いたぞ」

『はーい、ご苦労さん。今出るよ』

通話が切れる。

三分ほど経《た》つと、家の玄関から俺を呼び出した張本人が姿を出した。

厚手のカーディガンを羽織っている。街灯が顔を照らし、肩までの黒髪と、健康的に日焼けした肌が露《あら》わになった。

真島凜《ましまりん》が、俺のもとへと駆け寄ってきた。

「いやー、悪いね。わざわざこんなところまで」

「別に、いいよ」

真島からメールが送られてきたのは、俺が下校してすぐの頃《ころ》だった。話したいことがある、と絵文字つきで書かれていた。突然の呼び出しに当惑しつつ理由を訊《き》いたら、詳しいことはそのとき話す、と返され、今に至る。

「歩きながら話そっか。親にはコンビニに行くって言ってるんだ。腕折れてんのにほっつき歩くな、って怒られちゃったよ」

へへ、と真島は笑う。カーディガンの内側に、三角巾で吊《つ》るされた白いギプスが覗《のぞ》いた。

歩きだす真島に、俺は自転車を押して並ぶ。

ひっそりした住宅街を歩いていると、美味《おい》しそうな匂《にお》いが鼻腔《びくう》をくすぐった。どこかの家が遅めの夕食を取っているみたいだ。食事を済ませたばかりなのに、唾液《だえき》が湧《わ》いてくる。

「それで、話っていうのは?」

俺は真島に訊《たず》ねる。

「紙木《かみき》はなんだと思う?」

「全然分からん」

「ちょっとは考えなよ」

わざわざこんな時間に俺だけ呼び出す理由など、見当もつかなかった。学校ではダメだったのだろうか。あまり人に聞かれたくない話なのか? だとしたら……。

「……告白とか?」

「えっ、きも」

笑い交じりで返された。俺は死ぬほど凹《へこ》んだ。

当然、本気で言ったわけではない。思いついたから言ってみただけだ。そりゃ自分でもちょっと気持ち悪かったと思うけど、でも、だからって、そんな言葉の刃物を振るうなよ……。

ははは……と作り笑いで落胆をごまかしていると、真島は自由なほうの手で俺の肩をぺしぺし叩《たた》いてきた。

「ごめんごめん、今のは売り言葉に買い言葉ってヤツだよ。気にしないで」

売り言葉に買い言葉……なのだろうか。使いどころを間違えているような気がするが、深く考えないでおく。

「それに、考えてみると告白ってのも間違いじゃないかも」

「え……?」

「紙木《かみき》って、口は堅いほう？」

顔には人懐っこい笑《え》みが浮かんでいるものの、視線は真剣味を帯びていた。冗談は求められていないようなので、俺も真剣に答える。

「……話による。黙ってることで誰かが困るなら、約束はできない」

「そか。まぁ話すのは決定事項だから、正直堅くても軽くてもどっちでもいいんだけどね」

「じゃあなんで訊《き》いたんだよ……」

「前置きみたいなもんだよ。そこそこ、大事な話だからさ」

元から飄々《ひょうひょう》としたヤツではあるが、今回は特に考えが読めなかった。何を話すつもりなのだろう。

「紙木はさ、私が腕を折った理由、知ってる？」

「階段から落ちたんだろ。西園《にしぞの》に押されて――じゃなくて、事故で」

慌てて言い直す。噂《うわさ》では完全に西園が押したことになっているが、真島《ましま》本人は「事故」だと明言していた。西園を庇《かば》うための方便にせよ、今は真島の言葉を信じる。

「それ、本当は違うんだよね」

俺は目を瞠《みは》る。

じゃあやっぱり、噂は本当だったのか。すごいな。階段から突き落とされて、それでも西園を想《おも》う気持ちに感服する。優しいを通り越して、まるで聖人――

「わざと落ちたの」

……。

ええと。

聞き間違い、だろうか。思わず、足を止めてしまう。

遅れて真島も立ち止まり、こちらを振り返る。頭上の街灯に照らされ、足下《あしもと》に濃い影を落としていた。真島の穏やかな表情に、妙な寒気を感じる。

「でも、腕が折れたのは完全に想定外。映画なんかで階段から落ちる演技があるけど、やっぱ素人《しろうと》が真似《まね》するもんじゃないね。普通にビビったし、折れたとき泣くほど痛かった。二度としないよ、マジで」

聞き間違い、ではなかった。

それを理解した瞬間、激しい困惑が頭を埋め尽くした。

「な、なんで……？」

疑問を漏《も》らすと、真島は再び歩き始めた。俺は慌ててあとを追い、隣に並ぶ。

どこに向かっているのかも分からないまま、俺は真島に耳を傾けた。

「アリサをあのまま放っておくわけにはいかなかったんだよ。どこかでキツくお灸《きゅう》を据えないと、あの子はどんどんダメになっていくと思ったから」

真島の顔は、まっすぐ前に向いている。

「アリサが槻ノ木《つきのき》のこと殴っちゃったことあったでしょ？　あれ、アリサ的にはかなりショックだったみたいでさ。アリサにとってはあれが一番効くんだなー、っていう学びがあったのね。だからあのときの状況を真似《まね》ようと思って、身体《からだ》を押させたの。ま、とっさの思いつきなんだけどさ」

　身体を、押させた。

　真島《ましま》の言葉に、実感を持てない。足がふわふわするような、気持ち悪い浮遊感があった。

「腕が折れちゃったり世良《せら》がボコボコにされちゃったりしたけど、結果的には上手《うま》くいった。まぁ世良に関してはいい薬になったんじゃないかな？　さすがにもうこれでアリサには手を出してこないでしょ」

「……ちょっと、待ってくれ」

　錯綜《さくそう》する感情を押さえつけて、俺は一番訊《き》きたいことを口にする。

「なんで、そこまでするんだ？」

「なんでって、そりゃあ」

　真島は当然のように答える。

「あの子がとっても可哀想《かわいそう》だからだよ」

「可哀想……？」

「前に話したよね。授業参観で号泣するアリサを見て、可哀想だと思ったって。あの子はさ、ずっと強気に振る舞ってるけど、根っこのところは寂しがり屋なんだよ。それは今もおんなじ。だから誰かがちゃんと見てあげないと、可哀想でしょ」

「……可哀想だから、わざと階段から落ちたのか？」

「だからそう言ってんじゃん」

もう、と不機嫌そうな声を出す。

俺が今、話しているのは、本当に真島か？

茶目っ気があって、人のことをよくからかってきて、だけど憎めなくて、友達思いで、意外と鋭くて、俺みたいなのにもよく話しかけてくれる、明るくて優しい、真島なのか？

同じ顔、同じ声、同じ話し方をしているのに、別人と話しているような、薄気味悪さがあった。


なぁ、真島。

お前の行動は、友情や善意に由来するものではなくて。

支配、なんじゃないのか。

真島は、住宅街を抜けてすぐのところにあるコンビニに入った。俺もそれに続く。

スイーツコーナーでカップのティラミスを手に取ると、それをレジに持って行って会計をした。左手にレジ袋を提げ、コンビニを出る。中には三分も滞在していなかった。俺は何も買う気が起きなかった。

来た道を、引き返す。

「真島《まじま》は、なんでその話を俺にしたんだ？」

冷静に考えてみれば、疑問だった。

ずっと秘密にしていればよかったのに。このことを話せば、俺が少なからず真島に失望することは読めているだろう。実際、そうなっている。

「紙木《かみき》は〝なんで〟ばっかりだねえ。そういう話し方は女の子に嫌われちゃうよ」

「……気になるだろ。どうして、俺なんだ」

「紙木を選んだのに大した理由はないよ。強《し》いて言うなら消去法かな。もしなっきーやシーナに話して、万が一にでもアリサに知られたら、ヤバイからね。世良《せら》みたいに、ボコボコにされちゃうかも。かといって他人にするのはもっとリスキーだし。紙木が一番ちょうどいい距離感なんだよ。最悪、紙木からアリサに漏《も》れても、アリサは信じないだろうし」

ちょうどいい距離感。肯定的な言葉のはずなのに、友達という枠から切り離されたような痛みを感じた。

「あとは……まぁ、なんというか」

言葉を濁して、続ける。

「自分一人で背負うには、ちょっと重いからさ。紙木にも背負ってもらおうっていう、そういう魂胆だよ」

ししし、と真島はいたずらっぽく笑った。

けどそれは、間違いなく作り笑いだった。声音《こわね》に滲《にじ》む罪悪感を、俺はたしかに感じ取った。

「……そうか」

責める気にもなれなくて、静かに相槌《あいづち》を打つ。

今日。昇降口で見た真島と西園《にしぞの》の仲直りは、美しかった。西園は改心し、こじれまくっていた人間関係は見事に修復された。でもそれは、真島の嘘《うそ》によってもたらされた結果だった。

——好意と笑顔の裏側には、いつだって打算がある。

かつての俺は、そう肝に銘じていた。長いあいだ忘れていたのに、今になってはっきりと浮かび上がってきた。

その言葉は、真理なのかもしれない。

……でも。

誰かが嘘をついていても。そこに誠実さがなくても。

みんなが幸せになれる方向に進んでいるなら、別にそれでいいのか？

「ねえ、紙木《かみき》」

真島《ましま》がこちらを見る。

「紙木はさ、なっきーや槻ノ木《つきのき》に嘘《うそ》ついちゃダメだからね。ちっちゃな嘘はいいけど、バレたら全部が台無しになっちゃうような嘘は、どんな事情があっても絶対についちゃダメ」

「……真島が、それを言うのか」

「言うよ」

だってさ、と真島は続ける。

「紙木、嘘が下手《へた》だもん」

そう言って、笑った。

人を茶化すような、その笑い方は。

俺が知っている、いつもの真島だった。

＊

午前八時の通学路に、煙の匂《にお》いが漂っている。どこかで野焼きでもしているのだろう。俺はできるだけ息を浅くして、ペダルを漕《こ》ぐ足に力を入れた。

椿岡《つばきおか》高校の校門をくぐると、体育の先生が明るく挨拶《あいさつ》を振り撒《ま》いていた。こちらに向けられた元気な「おはよう！」に、俺は「おはようございます」と小さく返す。

　自転車を停めて、昇降口から校内に入る。談笑が行き交う廊下を進み、A組の教室にたどり着く。すでに三分の二くらいの生徒が登校していた。暖房がついているわけでも、外が特別寒いわけでもないのに、教室は心なしポカポカしていた。冬休みまで残り一か月を切って、すっかり空気は緩んでいる。

　昨日の朝と同じように、真島の周りに人が集まっている。ただ、昨日よりも賑《にぎ》やかだ。よく見ると、椎名《しいな》や星原《ほしはら》、さらに汐《うしお》もいた。どうやら真島のギプスにみんなが寄せ書きしているみたいだった。

「なっきー、漢字間違えてるよ」

「え、ほんと？　どこ？」

「ここ。怪我《けが》の怪はりっしんべん」

「りっしんべん……ってどんなだっけ？」

　国語で習ったでしょうが、と真島が突っ込んで笑いが起こる。俺もつられて笑いそうになりながら、自分の席に着いた。

　西園《にしぞの》は、まだ来ていない。

　やがて予鈴が鳴り、クラスの賑やかさは少しだけ小さくなる。何人かの生徒は、自分の席に戻って一時間目の準備を始める。

真島《ましま》や椎名《しいな》の顔に、不安が滲《にじ》んだ。もうほとんどのクラスメイトが学校に来ている。

朝のHRまで、残り三分を切った頃《ころ》。

ガラ、と教室の扉がゆっくりと開く。するとさざ波のように、どよめきが教室に走った。

俺はつい、頬《ほお》を緩ませる。

視線の先で、ツインテールが揺れていた。


「はー、今日も疲れた！」

隣を歩く星原《ほしはら》が、一仕事終えたように声を上げる。

いつもの三人で、自転車を押しながら帰路についていた。空は東の方角から暗くなり始めている。昼間は暖かいものの、大体この時間くらいから肌寒くなってくる。一日の中で寒暖差が激しい。だがこれも残り二週間といったところだ。一二月に入れば本格的な冬が始まり、終日肌寒さが続くようになるだろう。

「そろそろ期末テストの勉強やんなきゃな……前より成績落ちたらやばいんだよね」

「夏希《なつき》、それ毎回言ってない？」

汐《うしお》がからかうように言うと、星原は口を尖《とが》らした。

「本当にやばいんだよ～。前のテストでまた順位落ちちゃったし……」

はあ、と落胆する星原。

「じゃあ、今度勉強会でもする？」

「え!?　超する！」

一瞬で元気を取り戻した。た、単純すぎる。でもそういうところも可愛《かわい》いな……。

にしても、勉強会か。以前にも星原たちとやった。あのときは真島と椎名がいて、遅れて西《にし》園《ぞの》もやってきた。西園とは口論になっただけだが……今となっては懐かしい思い出だ。晩秋の空気が、感傷的な気分にさせてくる。

「紙木《かみき》くんも一緒にやろーよ」

「ん？　ああ、そうだな」

楽しみだ。

具体的な日程も決めず勉強会の約束だけを取り付け、星原と別れる。帰り道には俺と汐だけになった。

チャリチャリと、自転車のチェーンの回る音が沈黙を埋める。無理して沈黙を埋める必要はない、と互いに理解しているから、余韻のようなこの時間は俺も汐も口数が少なくなる。分かれ道まで何も話さないときもある。今日は、そうなりそうだ。

俺と汐が別れる三叉路《さんさろ》まで、あともう少し。

——あれ？　何か、忘れているような。

「あ、そうだ」

俺は立ち止まる。思い出した。

「能井《のい》との勝負に勝ったんだ。お祝いに何するか、考えてなかったな」

「……ん、そうだったね」

西園《にしぞの》の暴走で失念していた。汐《うしお》に申し訳ない。もっと早く、せめて星原《ほしはら》がいるときに訊《き》いておくべきだった。

「何かあるか？　してほしいこと」

汐は顎《あご》に手を添えて考える。一秒、二秒と経《た》って、ぱっと思いついたみたいに顔を上げた。

「咲馬《さくま》の家、行ってもいい？」

「え、俺ん家《ち》？　全然いいけど……」

何をしに？　……あ、俺ん家でお祝いするってことか？　あまり広くないけど、汐と星原くらいなら呼べる。だとしたら、日にちはいつにするんだろう。今度の休みだろうか。

「じゃあ、行こうか」

頭の中で軽く計画を練っていたら、汐は俺の家がある方向に歩きだした。

え？　今から行くの？

とりあえず、あとを追う。困惑しながら汐の顔を窺《うかが》うと、俺の疑問を察したようにこちらを向いた。

「彩花《あやか》ちゃんに挨拶《あいさつ》したいんだ。咲馬、前に言ってたでしょ？　僕ならいつでも歓迎だって」

「あー……そういえば、言ってたな」

結構前の記憶だ。具体的な日にちは思い出せないが、たしかに言った。でも……。

「今の時間、彩花いるかな……部活で遅いときあるから」

「あ、そうなの？　じゃあ日を改めようかな」

「や、今日でいいよ。遅くなるって言っても五時半までには帰ってくるから。それよりこんなことでいいのか？　もっと贅沢《ぜいたく》言っていいんだぞ、飯を奢《おご》るとかさ」

「別にいいよ」

さらりと返す汐。ずいぶん控えめというか、欲がない。俺に気を使っているのだろうか。

肩透かし感のようなものを覚えながら、道を進み、俺に家に着く。

玄関の扉に触れると、鍵《かぎ》がかかっていた。彩花はまだ帰ってきていないようだ。俺は鞄《かばん》から鍵を取り出し、扉を開けた。

「まぁ、そろそろ帰ってくるだろ。部屋で待つか」

俺が家に入ると、お邪魔します、と言って汐も続いた。

階段を上り、自室に入る。日当たりの関係で、部屋の中は結構暖かい。俺は鞄を床に下ろして、ネクタイを少し緩めた。

「飲み物いれてくるよ」

「ああ、ありがとう」

部屋を出て、台所へと向かう。

冷蔵庫を開けて、リンゴジュースを取り出す。麦茶もあるが、夏休みに汐《うしお》が来たときは大体こっちを出していた。二つのコップに注いで、自分の部屋に戻る。

「お待たせ」

汐はブレザーを脱いでベッドに腰掛けていた。上着を脱いだらちょっと肌寒いんじゃないかと思ったが、汐にはちょうどいいのかもしれない。脱いだブレザーは丁寧に畳まれて、布団の上に置いてあった。

「ありがとう」

テーブルの上にリンゴジュースを置くと、汐はそれを手に取って、早速飲み始めた。俺は勉強机のキャスター椅子《いす》に座って、こくこくと喉《のど》を鳴らす汐を眺める。

なんだか新鮮な光景だった。

夏休みのあいだはほぼ毎日のように、汐は我が家を訪れていたが、制服姿で来るのはこれが初めてだ。長袖《そで》の白シャツに、スカート。そして、そこから伸びる黒いタイツ。なんというか『友達が部屋に来ている』よりも『ベッドに女子が座っている』という実感が強くて、ちょっと緊張してしまう。

ぷは、とコップから口を離す汐。

じろじろ見ていると怒られそうなので、慌てて目を逸《そ》らす。

「咲馬《さくま》の部屋に来るの、久しぶりだな」

「ああ……夏休み以来か」

「全然変わんないね。小説の冊数が増えたくらいかな」

「そうだな。読書の秋だから、最近いろいろ買ったんだ」

「もう小説は書かないの？」

首を傾げる汐に、俺は苦笑しながら頬《ほお》をかく。

「暇があったら書きたいけど……最近は、勉強で忙しいから」

「そっか。また書けたら読ませてよ。感想言うから」

「次はお手柔らかに頼むぞ」

任せて、と頷《うなず》く汐。

俺は時計を見る。時刻は五時ちょっと前。薄暗くなってきたので、部屋の照明を点《つ》けた。

彩花《あやか》は、まだ帰ってこない。

「ていうか、本当によかったのか？」

「ん？　何が？」

「勝負に勝ったお祝い。彩花になんかいつでも会えるしさ。他になんかないのか？」

「うーん……まぁ、あるっちゃあるけど……」

なんだか言いにくそうにしている。

「言ってみろって。こっちもお祝いしたい気持ちがあるんだからさ。遠慮せずに」

汐《うしお》は「じゃあ」と言って、まっすぐに俺を見た。

「ハグしてよ」

「え？　フグ？」

「ハグ」

「えっと……それって、抱き合うヤツ？」

「うん」

なるほど、ハグ……。

え？　ハグ？

「俺と汐が……ハグすんの？」

「うん」

汐は至って真面目《まじめ》な表情だった。

——なんて、冗談だよ。

という言葉が出てくるのを待ったが、汐はただじっと俺のことを見つめている。そこに冗談が入り込む余地はなかった。

「え～……？　ハグ、ハグかぁ……」

　どう反応すればいいのか分からなくて、それをごまかすように笑いながら頭をかく。自分の視線があっちこっちに揺れている。座り慣れているはずの椅子《いす》の座り心地が、やけに気になった。

　海外だとハグは挨拶《あいさつ》みたいなものだろうが、日本ではどうなんだろう。日本でのハグって、どこらへんの位置にある行為なんだろう。たぶん、手を繋《つな》ぐよりかは上だ。そんで、キスよりも下だと思う。でも友達同士でするかっていわれると、首を傾げてしまう。仲のいい女子同士ならよくやってる印象だが、恋人でもない異性や男同士でやることは、まずない。あ、でも汐は育ちも生まれも日本だけど、ハーフだし、もしかすると親の影響で親しい間柄の人とは性別問わずハグする習慣があるのかも。だとしたら……いや、それでも普通、俺とハグしようと思うか？　そもそも汐は、どれくらい本気なんだ？

　そんなことをだらだら考えていると、

「ごめん」

　突然、汐は謝った。

「無理、言っちゃったね」

　そして、申し訳なさそうに笑う。

　俺は内臓を揺さぶられるような動揺を味わった。

嘘《うそ》だよ、とか、冗談だから、じゃなくて「無理、言っちゃったね」。

それって、気持ちをごまかすつもりはないってことじゃん。

汐《うしお》は本当に、俺とハグをしたくて、言ったんだ。しかも、それを、隠そうともしないんだ。

「じゃあ、する？」

言葉が口を衝《つ》いた。

ここで退《ひ》いたら、おそらく修復不可能なレベルで禍根《かこん》を残す。そう俺の本能が告げている。

何かに急《せ》き立てられるように、俺は汐の隣に移動した。二人分の体重を乗せたベッドが、ぎしりと軋《きし》む。肩と肩のあいだは一〇センチほど。

汐は座ったまま身体《からだ》をこちらに向けた。銀の瞳に、自分の姿を確認できる距離だ。汐は両手を広げて、待った。

ハグしてよ、と言われたのだから、俺のほうからすべきなのだろう。

心臓がバクバク鳴る。ここまで来て断ることはできない。なら、もう、行くしかない。

ゆっくりと汐に身体を近づけた。

そのとき、コンコン、とドアがノックされた。

「っ！」

俺は即座に目を開いて、弾《はじ》かれたように立ち上がる。

はい、と返事をすると、ドアが開いた。

「……あ、う、汐さん。お久しぶりです」

緊張した面持《おもも》ちで彩花《あやか》が顔を出した。さっき帰ってきたばかりのようで制服姿だった。

「その、靴、あったので……もしかしたら、って思って……」

分かりやすく照れ照れしながら説明する。今に始まった話ではないが、俺にはめちゃくちゃ辛辣《しんらつ》なのに、汐を前にすると借りてきた猫みたいに大人しい。

しかしまぁ、ノックしてくれてよかった。もし何も言わずに入ってきたら……想像するだけで嫌《いや》な汗が出てくる。かつての修羅場を再現するところだった。

「お邪魔してるよ、彩花ちゃん」

汐は平然と挨拶《あいさつ》をする。さっきまでハグを要求していたのが嘘みたいだ。

俺はへなへなとキャスター椅子《いす》に座る。現実感がなかった。混乱は、まだ続いている。汐と彩花がその場で談笑を始めたが、話の内容も頭に入ってこなかった。汐の言ったことが、信じられない。でも……理由は、考えなくても分かった。

それはずっと俺が目を逸《そ》らし続けていた事柄だ。

当たり前だが、好きでもない相手とハグをしたいなんて、思わない。

なら、それはつまり――そこから先を言語化することが、どうしてもできなかった。

「じゃあ、その、お邪魔しました」

俺が悶々《もんもん》としているあいだに、話が終わったようだ。彩花はほくほくした顔で俺の部屋から出て行く。

ドアが閉まった瞬間、再び緊張の糸が張り詰めた。

「咲馬《さくま》」

「あ、ああ」

ごくり、と生唾《つば》を飲む。

汐《うしお》は立ち上がって、彩花《あやか》が来る前と同じポーズを取った。

……あ、立ってするんだ。

俺も立ち上がる。そして、汐に向き合った。

覚悟は、あまりできていない。一度中断して考える余裕ができたからか、さっきよりも自分の抵抗をはっきりと認識できる。嫌《いや》、というわけではない。ただ、ここでハグをしてしまったら、もう後には戻れないような恐ろしさがあった。何かが決定的に変わってしまう予感がしている。それが良いものなのか悪いものなのかも、今の俺には判断できない。……いや、考えすぎか？　別に、キスをするわけではない。そう。たかがハグだ。深く考える必要はない。実際、海外じゃ挨拶《あいさつ》みたいなもんなんだから、別に俺たちがしても……。

ねえ、と汐が不機嫌そうに言う。

「腕、疲れるんだけど」

「あ、ごめん……じゃあ、その、お邪魔します……」

俺は汐に近づいて、ゆっくりと身体《からだ》をくっつけた。汐は広げていた腕を背中に回して、さらに密着させるよう、少し力を入れる。

う。

うわー！ ほんとにハグしてる！

すごい。なんか。これ……脳からよく分からないホルモンが出てる！ 何これ多幸感？

自分の両手の居場所に困って、とりあえず汐のくびれ辺りに手を添える。汐の身体は細くて、結構固い。筋肉質だ。頬《ほお》に触れる髪が、さらさらしてくすぐったい。

ぎゅう、と音が出そうなくらい、汐は強く抱きしめてくる。すると俺の脳は、濡《ぬ》れたぞうきんを絞るみたいに、だばだばとみっともなくまたよく分からないホルモンを分泌させた。脳の作りが変えられていくような、何か、取り返しの付かないことをしている背徳感があった。

汐の鼓動が、振動で伝わってくる。だいぶ、速い。というかこれ、密着しすぎな気がする。少なくとも絶対に挨拶レベルのハグではない。これが普通なのか？ ダメだ、何も考えられない……。

不意に、汐の膝《ひざ》が、俺の太もものあいだに侵入してくる。

「え、ちょ」

……あ。ま、まずい！ このままでは。

「ちょ、ま、だっ、ダメだって！」

反射的に突き放そうとしたが汐《うしお》は離れず、俺はバランスを崩した。俺は背中からベッドに倒れ込む。すると当然、密着していた汐ものしかかるように倒れてきた。肺を圧迫されて、んぐ、と声が漏《も》れる。

汐に押し倒されるような形になった。

ベッドに両手をつき、汐が俺を真上から見下ろす。潤んだ瞳と目が合った。何かを切望するように、汐は俺のことを見ていた。

甘ったるい匂《にお》いが鼻先を掠《かす》る。さっき飲んだリンゴジュースだけじゃない。リンスと、ほんのわずかに汗の匂いも交じっている。だがその他にも、匂いとも形容できない不思議な感覚があった。鼻のさらに奥、脳幹を直接くすぐられるような、この感じ……身に覚えがある。

屋上前でキスされた、あのときと同じ。

女の匂いだ。

「ちょ、ちょっと待て！」

俺は押し倒されたまま、命乞《いのちご》いするように言った。

「ど、どうしたんだいきなり……これはさすがに、ちょっと、急すぎるだろ……」

「……咲馬《さくま》、覚えてるかな？」

濡《ぬ》れた声で、語りかけてくる。

「佐原《さはら》くん……教室に来て、ぼくを呼び出した一年生のこと」

おもちゃ箱に手を突っ込むみたいに、ぐちゃぐちゃになった頭の中から目当ての記憶を探る。

「あの、能井《のい》のことで話があるっていう……」

「それ、風助《ふうすけ》の話じゃなかったんだ」

俺は目を見開く。

「告白されたんだ」

ドクン、と心臓が強く鼓動した。

「好きです、付き合ってください、って言われたんだ。前の僕を知ってる佐原《さはら》くんにだよ？　すごくびっくりして、断ったけど、嬉《うれ》しかった。本当に……嬉しかったんだ」

声が熱っぽくなる。

「それで、思い出したんだ」

何を、と俺は問う。

すると汐《うしお》は、どこか自嘲《じちょう》的な笑《え》みを浮かべた。

「ぼくはさ、結構モテてたんだよ」

……ああ。

そうか、分かった。汐が突然、こんなことをした理由。

後輩の佐原に告白され、ライバル的存在だった能井に圧勝し、そしてかつての加害者である西園《にしぞの》に頭を下げさせた。それ以前にも、文化祭の演劇で脚光を浴び、学年性別問わず、多くの生徒を魅了した。そうやって汐は、他者からの承認を獲得してきた。だが汐が得たものはそれだけじゃなかった。

自信だ。

汐は自分の魅力と強さを、正しく自覚した。だからこんな思い切った行動が取れたのだろう。単純な話だった。自信こそ先の見えない現実と戦うための最良の武器だ。才色兼備な汐が自信を得たなら、もう、誰にも止められない。

——よかった。

ちょっと泣きそうになってきた。もう、夜のベンチで泣いている汐ではないのだ。好奇の目を恐れることも、周囲の偏見や陰口に惑わされることもない。今の汐には、誰にも可哀想《かわいそう》と思わせないほどの輝きがある。

でも……それはそれとして、この状況、俺はどうすればいいんだ。そもそも汐は何をするつもりなんだ。ひょっとしてハグの先を望んでいるのか？　ハグの先って……いやいや、冗談だろう？

押し倒されてはいるが、両手は自由だ。その気になれば、力尽くで汐を押し返せる。

俺は両手を胸の位置まで持ってこようとして——汐の潤んだ瞳に、わずかな迷いを見つけた。視線が、揺れている。

俺は身体《からだ》の力を抜いた。

「……分かったよ」

俺が本気で抵抗すれば、汐《うしお》はせっかく得た自信を失うかもしれない。それはダメだ。汐が追い詰められていく姿はもう見たくない。だから、あともう少しだけ大人しくしておこう。

俺は目を閉じて、あらゆることに備えた。

汐の吐息と髪の毛が、俺の顔面に触れる。

さらに強く目を瞑《つむ》った。

……。

何も、してこない。

と思ったら、ごつ、と胸に軽い衝撃を感じた。おそるおそる目を開けると、綺麗《きれい》なつむじが眼下にあった。汐が俺の胸に額《ひたい》を当てている。

「……ごめん」

頭を下ろしたまま、汐が謝った。

「こんなの、よくないに決まってる……」

少し鼻声になっていた。

なんて言葉をかければいいのか分からなくて、俺はとりあえず、右手を汐の後頭部に乗せた。柔らかい髪の毛だった。それに頭の形もよかった。きっと、大事に育てられたのだろう。

汐が落ち着くまで、俺は手を置いたままにしておいた。

しばらくして汐は俺の身体《からだ》の上からどいた。並んで寝っ転がり、同じ天井を眺める。次第に頭が冴《さ》えてくると、訪れたのは虚脱感だった。

俺たち、何やってたんだろう。

「……一つ、教えてくれないか」

俺は天井を見つめたまま、汐に訊《き》く。

「どうして俺のこと、好きになってくれたんだ?」

前々から気になっていた。どうしても知りたいわけではないが、訊くとしたら今しかないと思った。

「別に、大した理由なんてないよ」

「というと?」

汐は寝返りを打ってこちらに背を向けた。

「……恥ずかしいよ。なんか、そういう話するの」

「今さらだろ」

ほんの数分前の行為を振り返れば、どうってことないだろう。思い返すと俺まで恥ずかしくなってくる。

「……ほんと、大した理由はないんだよ。それに……いろいろあるから」

「いろいろって?」

汐《うしお》は身体《からだ》をこちらに向けた。頬《ほお》にかかった髪を指で払って、真剣な眼差《まなざ》しを注いでくる。

「話すと、長くなるかもしれないよ」

「いいよ」

「……じゃあ、話す」

汐は語り始めた。寝物語でも聞かせるみたいに、ゆっくりと言葉を紡ぐ。

話は一〇年近く前に遡《さかのぼ》る。

汐の言葉に耳を傾けながら、俺は記憶の海に深く潜り込んだ。

ミモザの告白

あとがき

人の集まるところに摩擦《まさつ》は必ず起きるもので、なら人間関係を切り捨てていけばストレスが減るのかというと、それは八〇%くらい正しいと思っています。コロナ禍以前から、人間関係リセット症候群なんて言葉があるくらいだから、作中で西園《にしぞの》が言ったような『減点法でしか人と関われない』という方は、きっとたくさんいるでしょう。ただ、切り捨てる本人はともかく、切り捨てられた人たちのことを考えると、無闇にリセットを繰り返すのはよくない……というのが正しい見解だと思うのですが、それはそれとして、人間関係をリセットした瞬間ってすっごい清々《すがすが》しいんですよね。僕はリセットしたこともされたこともありますが、みんなが去る者追わず来る者拒まずの精神で生きられるなら、誰も人間関係で悩むことなんてないだろうに、と何度も思いました。

……などと書き連ねましたが、もし自分にどうしても近くいてほしい人ができて、その人が何も言わず消えてしまったら、普通にめちゃくちゃ落ち込むんだろうな、とも思います。時に恋愛や憧憬は、巨木のような強固な信条をも吹き飛ばして、人を変えさせてしまう。人間関係は理屈ではない。それがとても恐ろしく、同時に、面白いところでもあるのですが。

以下、謝辞です。

担当編集の濱田《はまだ》様。

今回もお世話になりました。もう六冊目……いや、まだ六冊目です！　これからもガンガン書いていきます！

くっか先生。

素晴らしいイラストが届くたび、人は大きな才能を前にしたら跪《ひざまず》くしかないのだな……と思い知らされます。今回もありがとうございます。

最後に、読者の皆様。

皆様のおかげで第三巻です。必ずラストまで駆け抜けますので、もうちょっとだけ見守っていただけると嬉《うれ》しいです。これからも楽しんでいただけるよう、全力を尽くして参ります。

それでは、四巻でお会いしましょう。次はもっと踏み込んでいきます！

二〇二二年 一二月某日　八目《はちもく》 迷《めい》

GAGAGA

ガガガ文庫

ミモザの告白3

八目 迷

発行　2022年12月25日　初版第1刷発行

発行人　鳥光 裕

編集人　星野博規

編集　濱田廣幸

発行所　株式会社小学館
〒101-8001 東京都千代田区一ツ橋2-3-1
[編集]03-3230-9343　[販売]03-5281-3556

カバー印刷　株式会社美松堂

印刷・製本　図書印刷株式会社

Printed in Japan　ISBN978-4-09-453104-6